OVER LIMIT SKILL HOLDER

—オーバーリミット・スキルホルダー—

Only the reincarnated
can conquer
the "over limited skill orb"

2

限界超えの天賦《スキル》は、転生者にしか扱えない

レイジ Rage
竜との死闘を繰り広げてから4年、
星10の天賦珠玉《スキルオーブ》【森羅万象《ワールド・ルーラー》】の
使い手で、幾多の経験を経たこと
で天賦を更に使いこなせるように
なった。
ラルクの情報を求め、スィリーズ
伯爵の娘・エヴァの護衛の任に就
いている。
奥の手があるなら、見せてくれて構いませんよ？
レイジ、全員を守るのだわ！
エヴァ Eva
スィリーズ伯爵のお嬢様。12歳
なので人の話を最後まで聞か
なかったり、子供扱いされるの
を嫌うお年頃。
緋色の瞳には『魔瞳』が宿っ
ており、相手の戦闘意欲をか
き立てる能力を持つ。
あーし冒険者として稼ぎますわ～ナハハハ
Jelly ゼリィ
猫系獣人でサバサバした冒険者。
レイジと共に行動していたが、
博打にドハマリし借金まみれに
なったりするダメな人。
だけどレイジがピンチになった
際は、彼女が救いに!?
Characters
OVER LIMIT SKILL HOLDER
Only the reincarnated
can conquer the “over limited skill orb”

なんでレイジがここに!?
!?

お嬢様。その剣、
お借りします

でぇぇぇぇぇぇぇぇぇぇぇいッ!!

OVER LIMIT SKILL HOLDER
Only the reincarnated can conquer the "over limited skill orb"

CONTENTS

限界超えの天賦《スキル》は、転生者にしか扱えない 2
—オーバーリミット・スキルホルダー—

三上康明

ファンタジア文庫

3059

口絵・本文イラスト　大槍葦人

OVER LIMIT SKILL HOLDER

Only the reincarnated can conquer the
"over limited skill orb"

2

―オーバーリミット・スキルホルダー―

限界超えの
天賦《スキル》は、
転生者にしか
扱えない

プロローグ　護衛の少年

——ナメられているのは最初からわかっていた。

「今日いちばんの下役をお見せしろということでしたが、なにか気に障《さわ》りましたかな？」

気に障ったか障っていないかで言えば、最初から障りっぱなしだった。

内臓でも病んでいるのか肌に黄疸《おうだん》が出ているこのデブ野郎は、侮蔑の色を隠そうともせずに「最低ランクの商品」を「最高級の品」だと言い放った。

芋虫のような手指には多くの指輪を嵌《は》めて、首に巻いたスカーフには金糸で刺繍《ししゅう》が施されてあった。どこまでも悪趣味。

いるんだよね、こういう手合いは、どこの世界にも。「人は見た目が9割」だなんていうけれどどこれでも僕の着ている服は最上級のシルクを使ったものだし、植物油でなでつけられた髪につけた飾りも最上級の品だ。パリッとしたダークスーツ姿の僕は——この世界にスーツがあったことが驚きなんだけど——侮《あなど》られる隙なんてない。

……年齢以外は。

あれから4年。僕がアッヘンバッハ公爵領を逃げるように出てから、4年も経《た》った。

身長も一気に伸びて今じゃ160センチだよ。まるで今まで小さかった分を取り戻そうとでもするかのように伸びた。連れ合いの猫系獣人ゼリィさんには「なんだか竹みたいっすねー。ナハハハ」とか笑われたほどには伸びた。

だけど問題があるとするならやっぱり顔なんだよね。

顔が年齢相当、14歳の顔なんだ。

「わたくしの目には、病人とケガ人しかいないように見えますわ」

立っている僕の前で、ふかふかのイスに座っているお嬢様が——ナメられるなら僕よりもお嬢様のほうだと思う、なんせ彼女はまだ12歳だ——扇子をぺしぺしと自分の手のひらに叩《たた》きつけながら言う。

お嬢様が着ているドレスは彼女の瞳と同じ緋色《ひいろ》で、スカートにつけられた見事なひだはトップクラスの職人によるものだ。流れるような明るい金色にまぶされたラメは黄金の川に沈む宝石のようでもあった。このラメ、なんと使い捨てである。これだけでこのお嬢様が信じられないくらいのお金を持っていることがわかるし、しかもこんなデブ野郎に会いに来ている時点で、退屈な日常にちょっとしたスパイスを求めていることだってわかる。

誰だってわかる。

そう、だからナメられる——世間知らずのお嬢様を騙《だま》すくらい簡単だ、と。

右から左に流れる前髪の下、こぼれそうなほどに大きいお嬢様の緋色の瞳は、今、わずかに怒りに染まっている。怒りに染まってなお、それは魔性の目だ。見た者を虜《とりこ》にする。

僕とお嬢様がいるここは、クルヴァーン聖王国の聖王都クルヴァーニュにある「人材斡《あっ》旋《せん》所」のうちのひとつだ。

人材斡旋、である。ふつうに考えると「働き手の足りないお店に、人を派遣してくれる」ような場所だ。

だけどここはふつうじゃない。この部屋の壁際《かべぎわ》にあるスペース、一段高い小上がりのような場所、そこに並んでいる男女を見ればそれはわかる。

手錠を嵌められ、足にも鎖が巻かれている。上下ともに服は着ておらずスッポンポン。お嬢様の言ったとおり、腕がなかったり、明らかに病気だったり、身体《からだ》がただれていたりと——はっきりそれとわかる健康体じゃなかった。こんなところに素っ裸で立たせるよりも病院に入れたほうがいい。

「この人たちが『下役』だとおっしゃる……？」

お嬢様がひっそりと眉根を寄せる。

「下役」——ふつうの意味ならば「部下」とか「配下」という意味の言葉だが、実際は

「奴隷」の隠語だった。

ここ、クルヴァーン聖王国では「奴隷」の取引や所有が違法であるため「下役」なんていう言葉で売り買いされ、契約魔術で縛り上げる。

「大商会のお嬢さんには刺激が強かったようですな。言うなればコイツらは奴隷ですわ」

デブ野郎はパチンと指を鳴らした。

部屋の扉が開くと、ぞろぞろと屈強な男たちが現れた。

ヒト種族、獣人、魚人、ドワーフ……種族はバラバラだが、誰しもが「腕に自信あり」という顔をしていた。

「さあ、今から『気が変わったから帰る』はナシですぞ」

デブ野郎は舌なめずりしてお嬢様をつま先から頭のてっぺんまで舐《な》め回すように見る。

お嬢様を半ば脅迫している……手籠めにしようというのだろう。

確かに、お嬢様は「公平調和商会」なんていうありもしない商会の所属を名乗った。聞き知らぬ名前だとなればこの聖王都に存在しない商会——消息が途絶えたとしてもどうにかこうにかもみ消せる。僕以外のお供もいないしね。

「ええ……気が変わるなんてあり得ないわ」

お嬢様は、冬の夜のように底冷えのする声を発した。

「こいつは真っ黒なのだわ。クルヴァーン聖王法典第17条『聖王国民の権利』侵害に該当します」

「……は？」

デブ野郎はきょとんとし、それから不意に顔を赤くする。

「お前……ただの箱入り娘かと思ったら、最近ウワサになっていた『奴隷商潰し』か⁉　拍子抜けだな！　ウワサの『奴隷商潰し』がガキで、しかもお供がこれまたガキ」

ガキガキ言うな。それで傷つく14歳もいるんですよ。

ちなみに僕の前にいる12歳は内心ブチ切れているはずだ。子ども扱いをなにより嫌う、難しいお年頃なので。

「お前らは大方とんでもない天賦《スキル》持ちなんだろうけどな、あいにくこの部屋は天賦が使えない魔術を掛けてある空間だ。そっちがその気ならこっちだって手加減しねえ。――おい！　お前ら、このお嬢ちゃんを捕らえな！」

デブ野郎が言うと、「へい」と男たちは一斉に返事をした。

「……レイジ」

「はい」

「わたくしを、守るのだわ」

その瞬間――取り囲む男たちの身体は僕らを中心に放射状に吹っ飛んだ。その巨体は壁に激突し、あるいは棚をへし折って並んでいた蒸留酒の瓶を破壊する。さらには入口の重厚なドアをぶち破って外へと飛んでいった。

「……え？」

デブ野郎は今目の前で起きたことに思考がついていかないようだった。

なにをしたかって？　そりゃあ簡単なこと。魔法を使ったのだ。

「これまでつぶしてきた奴隷商は大小合わせて5つ」

指を広げてデブ野郎に突き出した。

「その全部が、応接室には天賦禁止の魔術を施していたよ。なんで自分のところだけ特別だと思っちゃうんだろうね？」

「ク、クソッ！　おい、魔術を切ってこいつをたたき出せ！　魔道具を使ってるぞ！」

ああ、なるほど。天賦を使えない部屋だから、魔道具を使ったと思ったのか。

バチン、という音とともに部屋の天井と床に張られていた魔術結界が解除される。同時に、ちゃらちゃらした服に抜き身の剣をつかんだ目つきの悪い男たちが飛び込んでくる。

「ガキを殺せ！　あ、でも女には傷をつけるなよ!?」

最低野郎が最低な発言をするが、「わかってる」とばかりに男たちが僕に殺到する。

「ほっ、よい、そいっ」

振り下ろされる剣筋、突きの流れ、それらはわかりやすいまでに【剣術】系の天賦保持者の振り方だ。

「なにをしている！　さっさと殺せ！」

「くっ、コ、コイツ、どうしてかわせるんだ⁉」

4年だよ、4年。僕が天賦珠玉《スキルオーブ》【森羅万象《ワールド・ルーラー》】を手に入れてから4年だ。多くの人たちの動きを観察し、多くの天賦を学んできたのだ——天賦を使えるようにしてもらったら、僕のほうが動きにキレが出てくるんだぞ、っていうね。

「ぐほっ」

ひとり目の腹にパンチを入れ、

「がっ」

ふたり目のこめかみに肘打ちをくれ、

「ぶしゃっ」

3人目に飛び膝蹴りをかますと、4人目と5人目を巻き込んで吹っ飛ばす。

「ふー……まあ、こんなところですかね」

「あ、あ、あ……」

興奮していた奴隷商氏は、ずるりとイスから滑り落ちてしまった。

室内は、あっという間にむさ苦しい男たちが伸びている部屋へと変貌していた。

「奥の手があるなら、見せてくれて構いませんよ?」

僕がにこりと笑顔を見せると、

「ひいいっ⁉」

這《は》いずって逃げようとする。うむ、ここまで心を折っておけば大丈夫だろう。

「レイジ」

「はい、お嬢様」

「後は衛兵に任せるのだわ!」

お嬢様は言うと、肩をそびやかせて部屋を出て行く。意識のある人たちも多かったけれど、お嬢様が歩いて行くと怯《おび》えて道を譲る。

外に出たら入れ替わりに、これまでどおり衛兵隊長がこの商館へ突入してくれることだろう。

奴隷商氏はなんと抗弁するだろうか? むしろ被害者ヅラをして——これまでの奴隷商と同じ反応だ——自分は少女と少年に襲われたと言うのかもしれない。

だけど彼はそこで初めて知るのだ。その少女が何者なのかを。

「エヴァお嬢様、少し急ぎましょう。お父様が——伯爵閣下がお待ちですよ」

僕はスィリーズ伯爵令嬢であるお嬢様とともに商館を出た。

建物の陰で様子をうかがっていた、フードの獣人、ゼリィさんに小さくうなずくと、彼女は人差し指と中指をそろえ、鼻に当てたあと僕へついと差し出してから闇に溶けるように姿を消した。投げキッスみたいなゼリィさんの「よろしく」の合図だ。

4年——そう、4年も経った。「六天鉱山《シックスマイン》」が崩壊し、冒険者パーティー「銀の天秤《てんびん》」のみんなに救われ、竜とかいう化け物と戦い、そして姉であるラルクと生き別れになってから。

そんな僕が今なにをしているのかと言えば、伯爵家のお嬢様と「奴隷商潰し」というわけだった。

第１章　父と娘の距離を正確に測ることは難しい

４年前、アッヘンバッハ公爵領の領都を抜け出た僕は、ゼリィさんの手引きで光天《こうてん》騎士王国へと向かった。関所は一か所しかなかったんだけれど、裏稼業《かぎょう》の人が通る怪しげな裏ルートがあって、ゼリィさんはそんな裏技っぽいことを使って国境越えをした。

ちなみにこれをやるのに、お金が少々掛かる。その「少々」すらゼリィさんは手持ちがなかったので、アッヘンバッハ公爵領で小銭を稼ぎながらしのいでいたそうだ。

光天騎士王国は騎士王が治める国で、軍隊がものすごく強化されているせいで冒険者の活躍できる場がほとんどなかったので素通りした。

その先にあるのが、クルヴァーン聖王国。

ここはヒト種族だろうと獣人だろうと関係なく暮らしている国だ。とても活気があり、一方で流れ者による犯罪も多い。いろいろな意味で懐《ふところ》が深い国だと僕は思う。

あと、

「聖王の威光はあまねく国中を照らす」

だとか、

「聖王は万物を平安に治むる」

だとか、聖王上げがすごい。

僕は聖王都クルヴァーニュで、当面は冒険者登録をして天賦《スキル》【森羅万象《ワールド・ルーラー》】を磨いていくつもりだった――んだけども。

「冒険者になって、他の冒険者が戦ってるところとか見てみたい？　無理無理無理無理～、みんな自分の手の内は明かさないっすよ。ましてや坊ちゃんはなりが小さいっすからねぇ～、誰もパーティーになんて入れたくないだろうし。なんならあーしが冒険者で稼ぎますから、坊ちゃんは手堅いところで働いたらどうっすか？」

なんてゼリィさんが言うものだから、ぐぬぬと歯嚙《はが》みしながらも「確かに……」とうなずかざるを得ないところもあったので、ゼリィさんの意見を採用した。

ここまできてもゼリィさんは僕についてくる気らしい。まあ、別にいいんだけど。なれなれしくてたまに鬱陶しい以外は悪い人じゃないし。

僕はと言えば、いろんなバイトをしてお金を稼いだ。掃除に洗濯、食器洗い、買い出しから犬の散歩まで！　まさに何でも屋だ。

中でも聖王騎士団に出入りして掃除する仕事はよかった。

騎士たちは部屋がピカピカになるとチップをはずんでくれるし、しかも時間があれば騎士の訓練の見学もできて、学習した天賦が溜《た》まる溜まる……。

聖王都は広いので休日は観光したり、美味《おい》しいものを食べに出かけたりした。

なんていうか、聖王都ライフをエンジョイしすぎだろ僕、って感じではあったね。お金ができてからは「銀の天秤」のみんなに手紙を書いて、アッヘンバッハ公爵領の領都冒険者ギルド宛で送ったのだけれど、返事はいまだにない。

バイトで楽をするために魔法を使ったので魔力量もどんどん増えていった——クリスタ=ラ=クリスタを見て学習した【魔力量増大】の天賦があったのが大きい。

僕は密《ひそ》かにトレーニングも続けた。身につけた天賦は使い込まなければ使いこなせない。そこで編み出したのが「【森羅万象】を解除して天賦を使うこと」だった。

【森羅万象】を外すと学習した天賦はすべて使えなくなるのだけれど、その記憶は頭に残っている。だから記憶を引っ張り出しながらその通りに身体《からだ》を動かして熟練値を上げていくのだ。そうすると不思議なことに【森羅万象】を戻したときに天賦への理解が深まっている感じがした。

これのおかげで僕は天賦《スキル》を無効化されても戦えるようになったというわけ。

そんなこんなでバイトしまくってお金を貯《た》め、むしろ「あーし冒険者として稼ぎますわ

〜ナハハ」とか言っていたゼリィさんが博打《ばくち》にドハマリして借金まみれになり、僕が肩代わりして貯金が吹っ飛んだりしつつ3年が経《た》っていた。ゼリィさんはきっちり締め上げ、どっちが上でどっちが下かを徹底的に叩《たた》き込みました（にっこり）。

13歳になった僕は、生活も安定し、姉のラルクにもう一度会いたいと思っていた。

それと、僕にいろいろなことを教えてくれたヒンガ老人の孫娘ルルシャさんに、会えるなら会いたいと思っていた。

それには大都市を渡り歩いて情報を集めるべきだ——とかなんとか考えていた矢先。

春先の深夜、聖王都を走る馬車と護衛の騎馬が数騎あった。僕は家々の屋根の上を飛び移りながら【疾走術】と【跳躍術】の練習をしていたところ、その馬車が突然ゴウッと燃えた。

御者があわてて馬を停《と》め、中にいた貴族らしき人物——まあ、これがスィリーズ伯爵だったんだけど——を救助する。だけど、そこまでだった。

飛来する矢が御者を貫くと彼は倒れ、馬車を囲んでいた騎士たちも次々に倒れる。

（……これは助けるべきなんだろうか？　でも、あの貴族がどんな人かもわからないし……。ひょっとしたら極悪人かもしれない）

ただひとり貴族が燃える馬車を背に残ると、5人の襲撃者が半円状にぐるりと囲んだ。

貴族のほうは、ふわりとした金髪は暗い夜道であっても美しく、憂いを帯びた赤い瞳は男の僕が見てもハッとするほどに美しい。

年齢は20代後半だろうか——それにしては泰然自若としている。

(ああ、この人は……死ぬことをなんとも思っちゃいない)

そのとき僕が思ったのは、竜を前に、仇《かたき》である「天銀級《ミスリルランク》」冒険者を殺し、本人もまた竜によって引き裂かれて死んだライキラさんのことだった。

気づけば僕の身体は動いていた。

屋根から飛び降り、音も立てずに裏路地に着地する。【視覚強化】【夜目】【聴覚強化】【嗅覚強化】を駆使しても他に人の気配はないので、襲撃者は5人で全部だろう。

「まずは1本目、これはお前によって処刑台に送られたヌーグ子爵のぶんだ」

「うぐっ」

襲撃者が手にしているのは十字弓《クロスボウ》だ。携帯しやすく命中率も高い。

矢が放たれると、貴族の左手に突き刺さり手のひらを貫通した。痛みに顔をゆがめたが相変わらず貴族は感情を見せない。

「……ふん。『冷血卿《きょう》』に流れる血も同じ赤か」

次の矢をつがえるというとき、僕はすでに彼らの背後10メートルの距離にいた。

突然現れた僕に貴族は当然気づいていただろうけれど、表情を変えるどころか視線すら向けなかった。

(……すごい人だな)

さて、どうやって5人を倒すかな。一手でもミスればプロの襲撃者ならば逃げたり僕を迎撃する前に、まず貴族を殺すだろう。

人を無力化するのに強力な魔法は必要ない。

僕は手をグーにして、1から順に数えるようにした。

(ひぃ、ふぅ、みぃ……)

指の先端に現れたのはピンポン球大の黒い岩石だ。【土魔法】の初歩の初歩である「ストーンバレット」とかいう魔法なのだけれど、それはあくまでひとつを出現させて飛ばす場合だ。それに本来、出現する岩石は灰色。黒にしたのは彼らを真似《まね》したのである。

(よぉ、いつ)

5本指すべてに出現させると、

「っ!」

それを見た貴族が初めて驚きを顔に表した。

(ああ、なるほど。驚くとそういう顔をするんだね。人間味がない人かと思ったけどそんなことはなくてよかった――）

でもね、顔色を変えたらそりゃ気づかれますよ。

「ん……!?　まさか援軍が――ぶぎゃっ」

僕は即座に5つのストーンバレットを放った。それらは目算通り、まるで吸い込まれるように暗殺者たちの後頭部に激突して彼らを昏倒《こんとう》させる。

一瞬で襲撃者を沈黙させた僕に、貴族は呆然《ぼうぜん》としていた。

「君は……何者ですか」

「ただの通りすがりですよ。それじゃ、僕はこれで」

見返りも礼の言葉もなにも要らない。一応、国は違えど僕は追われている身だから、お貴族様には関わりたくない。僕は闇に紛れて逃げるようにその場を去った――。

去ったんだけどね。

それから数日後の昼下がり、僕とゼリィさんが住んでいる下町の集合住宅に、ピカピカの馬車と身なりのいいどこからどう見ても「執事」あるいは「セバスチャン」としか言いようのないシルバーグレイヘアの紳士が現れた。

「探しましたよ。あなたが命を救ったスィリーズ伯爵閣下がお待ちです」

大きな一枚ガラスを何枚も使ったバルコニーは明るい。これほど均質な薄さで、混じりけがなく気泡の入っていないガラスを手に入れるのに一体いくら掛かったのだろう？　白のテーブルとイス、緋色《ひいろ》のクッションに座り、優雅にお茶を飲みながら書類に目を通していた伯爵はまるで一枚の絵のようだった。まあ、その背後にふたりの騎士が直立不動で待機しているし、僕の後ろにも3人の騎士がいるんだけどね。

聖王騎士団とは違い、貴族が独自に雇っている騎士は見た目が違う。聖王の象徴である目が覚めるような明るいブルーは聖王騎士団が使う。こちらの騎士たちは緋色のマントに白く塗られた金属鎧《プレート・メイル》を身につけていた。あの夜の騎士はつけていなかったのに今はつけている……ということは、あの襲撃で警戒度を高めているってこと？

「先日は命を救ってくれてありがとう。感謝します」

僕はと言えば、少ない情報だけで僕にたどり着いた伯爵を、警戒しない理由がない。

「……なんのことでしょうか？　急に連れてこられて困惑しております。これから仕事があるので失礼しますね」

「では手早く話しましょう。娘の護衛を頼みたいのです」

「閣下。それは……」

と騎士が苦々しそうに言うと、伯爵本人は、「黙っていなさい」と冷たく告げる。

「レイジさん……私が死ぬと娘も危ういのです。貴族社会の荒波に11歳の娘がもまれて生きていけるはずがありません。あなたのことを調べましたが、過去の経歴がまったくわからない。３年前に聖王国に入国し、現在は聖王都内でその場しのぎの仕事をして過ごす……聖王騎士団で掃除の仕事もしているようですが、スパイには見えない。一度、ゼリィという冒険者の借金を肩代わりしていますね？」

この数日でそこまで調べられるんだな。驚くっていうか感心するっていうかむしろ引いた。

「私は一度死んだようなものです。わかりますか？　聖王都でも油断していなかったはずなのに、知らず知らず気が緩んでいたのでしょう。大失態です」

「四六時中警戒しっぱなしなんてのはできませんよ」

「あなたほどの強者《きょうしゃ》でもそう思いますか？」

「……僕はたいして強くありません」

これは正直にそう思う。僕の力は【森羅万象《ワールド・ルーラー》】によってもたらされたものだ。

ほんとうの強さとは、極限の状況でわかる。「銀の天秤《てんびん》」の冒険者、ダンテスさんとか強かったなぁ……ぎりぎりのぎりぎりでも仲間を守るんだもん。石化状態が解けたダンテスさんはもっと強くなってるんだろうな。

「あなたのその態度は、謙遜、ということではないようですね」

「伯爵様がこんな子どもにそのような言葉を使わないでください」

「あなたはなにが必要ですか？　娘の護衛を引き受けてくださるのでしたら、あらゆる条件を呑《の》みましょう」

あらゆる条件、という言葉が引っかかった。

実のところ僕がやるべきこと——ラルクの消息を知ること、ルルシャさんを捜すこと、このふたつは、いち個人がやるには限度があるのだ。

でも、貴族なら？

伯爵、というのは——このクルヴァーン聖王国に貴族が何人いるのかは知らないけれど、それでも伯爵ならばかなりの地位だろう。聖王都にこんなに大きい家を構えているのだし。僕の望む情報を得られる可能性がある。

（護衛か……）

この人自身を守るのは難しいかもな、という気がしていた。だってこの人はきっと、いろんなところに行くよね？　場合によっては聖王様に会ったりするかも。そんなところに僕みたいな少年がくっついていくわけにはいかないだろうし、逆に警戒されそうだ。

では娘さんなら？

（11歳って言ってたっけ。それなら僕とふたつ違いか。いっしょにいてもおかしくはないよね……ていうかこの人ってもしかして10代でパパに⁉）

どうでもいいところに驚いていると、

「どうでしょうか？　悩んでいるのは脈があるということですか？」

僕の正体については、これ以上誤魔化すのは無理だろう。

「……ちなみにお嬢さんの危険度はどれくらいですか？」

「私に比べれば半分以下です。私が死ねば娘は淘汰《とうた》されるだけだと敵対貴族は考えるでしょうし」

「たった一度あなたの命を救った僕をどうしてそこまで信用するのですか」

僕が伯爵を救ったと認めたことで、伯爵が眉をぴくりと動かした。

「あの場にいた騎士たちよりもあなたひとりのほうが役に立ったのです。その事実で十分ではありませんか。それに——この聖王都で命を狙われるほどには切迫しているのですから、今ためらう理由がありません」

「……わかりました。引き受けましょう」

「ありがとうございます」

にこりとした伯爵だったけれど、特に笑っている感じがしないのが不思議だった。

「ただし、僕からの条件は3つあります」

僕が指を3本立てて伯爵に突きつけると、当然だとばかりに伯爵はうなずいた。周囲の騎士たちは「条件だと？」という感じでにらみつけてきた。

「ひとつ、星5つ以上の天賦珠玉《スキルオーブ》に関する情報が手に入ったら教えて欲しいです」

もちろんラルクを捜すためだ。「星6つ」と限定せずに「5つ以上」と幅を持たせ、目的をできる限り知られないようにする。ラルクや僕は指名手配されてそうだし。

「ふたつ、僕は『ルルシャ』という女性を捜しています。名前しかわからないのですが……あ、別に肉親とか仇討《あだう》ちの類じゃないですよ。亡《な》くなったお祖父《じい》さんからルルシャさんへの伝言があるだけです」

「ほう……あなたは面白い人ですね。ふつう、雇用条件決めや駆け引きというのは自分の利益のために行うものですよ。それが天賦珠玉に人捜し、ね……」

「僕にとっては十分利益——いや、利益というか、やらなきゃいけないこと、か？」

「そのふたつの条件はもちろん呑みましょう。人捜しは得意な分野ですから」

そうだろうね。僕の情報をたった数日であれだけ調べたんだもの。だから僕だって護衛を引き受けてもいいかなって思ったんだ。

「レイジさん、3つ目の条件を聞きましょう」

伯爵は身を乗り出して肘をテーブルに乗せた。ギッ、と小さくイスが軋《きし》んだ。そのとき一瞬眉根が寄っていた――ああ、そうかこの人、手を矢で貫かれていたっけ。【回復魔法】で傷口はすぐに塞げても、破損した神経部分などは早々には治らないらしく痛みはしばらく残る。

「……3つ目は、今言ったふたつの内容に関して、誠実に情報収集に努め、僕の質問にはすべて正直に答えること。そしてこれを契約魔術によって縛ること」

これが一番の難題だろうと思っていた。現に、騎士たちはざわついた。

契約魔術は、僕が奴隷として鉱山にいたときに掛けられていた魔術だ。

お互いの納得があれば多岐にわたって相手の行動を縛ることができるし、鉱山奴隷なんかは天賦《スキル》を取得できないようにすることさえできた。もちろん、天賦を発動させないことだってできるだろう。

そんな魔術を、貴族という地位にある人間が呑むのか？　しかも僕は平民だ。

思わず左手首の辺りを僕はさすっていた。

ここに奴隷を示す入れ墨はもうない。【森羅万象《ワールド・ルーラー》】で入れ墨を薄れさせる薬草を見つけ、根気よく塗り続けた結果、完全に見えなくなった。

「いいでしょう、呑みましょう」

「伯爵！」

騎士たちが気色ばんだけれど、伯爵は右手を挙げるだけで彼らを止めた。

「その……僕から言い出しておいてアレですけど、いいんですか？」

「構いませんよ。契約に背いた場合は私の行動自由は奪われ、秘密金庫の解錠方法をあなたにだけ伝えるようにしましょう」

「い、いや、そこまでは……」

「私は一度死んだようなものだと言ったでしょう？　それに、これくらいしなければ契約魔術なんて意味がありません。いいですか、レイジさん。あなたに頼みたい護衛とは、今の条件など温《ぬる》すぎるほどに重要で、事態は切迫しているのです。それにあとひとつ、重要な条件が抜けていますよ」

「なんですか？」

伯爵はため息を吐《つ》いた。そして呆《あき》れたような顔でこう言った。

「給金の額です」

あ、忘れてた。それならここは強気にふっかけてみるかな。

「では、給金は月に金貨２枚とし、衣食住は伯爵家のほうで手配してください」

金貨２枚はおよそ40万円。衣食住を保証してもらって40万円とかめちゃくちゃ好待遇のはずだ。ふふん、どうですか、伯爵。僕だって強気になれるんですよ。

「はぁ……」

あれ？　伯爵が額に手を当ててうなだれている？

「衣食住がこちら持ちなのは当然です。給金は年額で聖金貨3枚、月割りとします」

「へ……？」

聖金貨、って確か……金貨25枚分だよね……？

それが3枚。

年俸せんごひゃくまんえん⁉

「雇用は年間契約とし、毎年継続可否を見直しましょう。また護衛として娘のそばにつく以上、最低限の貴族社会の知識や礼儀作法を学んでもらいます。いいですね？」

「は、はい……」

「では、今日からこの屋敷に住んでください」

「は、はい……」

あれよあれよという間に、すべて決まっていた。

これがお貴族様の駆け引き……！

そんなこんなで僕はエヴァお嬢様の「護衛」として雇われることになった。

初めてお嬢様に会ったとき、お嬢様は薄萌黄《うすもえぎ》のワンピースを着ていた。彩度は低いが落ち着いた色に、照り輝く太陽のような金髪が流れている。

袖からのぞく手は水仕事など一度もしたことがないのだろうと思わせる滑らかさで、細い首が支えている顔もまた陽射《ひざ》しに一度も当てたことがないのではと思ってしまうような白さだった。

僕をじっと見つめる瞳は、好奇心と、警戒心と、羞恥心とでちょうど3等分された感情を表していて、見つめられた僕のほうが目をそらしてしまった——こんなに可愛《かわい》らしい人が世の中にいるのかとショックだったからだ。

僕はエヴァお嬢様とは、貴族という贅沢《ぜいたく》な環境が生み出した可憐《かれん》な生き物なのだと思った。街中には絶対に存在しない温室栽培の1粒ウン万円のイチゴみたいなものだ。

僕の驚きなんて知らず、お嬢様は最初からお嬢様だった。

「レイジは強いの？」

自己紹介が終わったあとの最初の言葉がこれで、僕は「そこそこ」とだけ答えると、

「なら、お父様の騎士と戦ってみせるのだわ！」

次に出た言葉がこれだった。「遠慮します」「できかねます」「お断りします」「やりませ

ん」「イヤです」「絶対イヤ」とまで順を追って拒否したのだけれどお嬢様は聞いてくれなかった。最終的には騎士側も乗り気で——騎士の中には伯爵襲撃は僕が手引きをしたんじゃないかとか言い出す人もいたので——伯爵邸の中庭で手合わせをすることになってしまった。実力の確認というわけである。

　中庭は足元が芝生でキレイに刈られている。ふだんは点在しているテーブルとイスは1セットを残して撤去され、騎士たちがぞろぞろと庭を埋め尽くす。

　使用人たちも「なんだなんだ」と見に来たものだから屋敷の人間大集合である。

「全員、ちゃんと見届けてください」

　伯爵はお嬢様といっしょに、ひとつだけ残ったテーブルセットでお茶をしている。

「私はスィリーズ家武官筆頭マクシム＝デュポンである！」

　眉の太い、ちりちり髪の毛の男性が名乗りを上げた。

　マクシムさんは30代前半という人物で、後頭部が薄くなっているのを気にしているムキムキマッチョだ。金属鎧《プレート・メイル》にマントという騎士としての標準装備で武器は大剣だった。

　一方の僕は、支給されたダークスーツに緋色《ひいろ》のヒモを襟に通したポーラータイ。留め具は伯爵家の家紋である三日月に2本の剣が彫り込まれている。

「あ、レイジです。よろしくお願いします」

「……その軽装でよいのか？」

「動きやすいほうが僕向きなので」

「そうか、ならばよい」

マクシムさんの偉いところは僕が13歳の子どもだというのに一切油断していないところだった。

「では始めよ」

伯爵が、開始の合図をした。

「どりゃあああ！」

でも——遅い。踏み込みから大剣の振りまで、半身が動かなかったダンテスさんよりわずかに遅いくらいだもの。そう思うとダンテスさんってすごかったんだな。

「うわあ、すごいぃ」

僕はぎりぎりでかわしていく。穏便に済まそうと思っているのだけれど、ちらりとテーブルを見やると伯爵が「真面目にやれ」とにらみつけてきた。

「お父様、だ、大丈夫でしょうか？」

「エヴァ、ちゃんと見なさい。あと5秒で終わりますよ。5、4……」

あと「5秒で終わらせろ」ということですね。わかります。

「3」

「ぬうん！」

縦に振り下ろされた大剣を僕は身体《からだ》半分ひねってかわすと、剣は地面にめり込んだ。キャア、という悲鳴はメイドさんたちから上がったものと、芝生を管理する庭師から上がったものとの2種類があった。

「2」

「失礼します」

僕はマクシムさんの懐《ふところ》に飛び込んだ。

その接近を易々《やすやす》と許すマクシムさんでもない。すぐに剣から手を離すとプロテクターのついた腕を振ってパンチを見舞ってくる。

「1」

僕はそのパンチを両手で——もろに受け止めた。

う、すっげぇ力……。

僕の身体は人形でも放り投げるように横へと吹っ飛ばされる。お嬢様が甲高い叫び声を上げる——のだが、僕は両手を地面に突いて側転してキレイに着地した。

「いっつう……痺《しび》れた痺れた」

マクシムさんはきょとんとした顔で僕を見ていたけれど、その顔のまま、つつーっと横へと倒れ、動かなくなった。

「なにが起きた……?」

「あの一瞬でなんらかの攻撃が?」

「わからん、あの小僧が吹っ飛ばされたようにしか……」

全員がざわつくが、見届け人の執事長が駈《か》け寄ると——僕を迎えに来た人だ——マクシムさんを確認する。

「だ、旦那様。マクシム様は、その……眠ってらっしゃいます」

「眠った? ……レイジさん、説明してください」

全員が僕を見つめている。種明かしなんて大層なものはないんだけど……。

「マクシムさんのパンチを、僕は両手でこう受け止めました」

僕がボールでも受け止めるように両手を顔の前に上げると、伯爵はうなずいた。

「【闇魔法】は相手の身体に手を触れることで発揮できる魔法がいくつかあります。その中のひとつ、『夢魔の祈り《ブレイング・ナイトメア》』を発動しただけです」

「……なるほど、直接手で触れなければいけないので近づいたのですね?」

「ご推察のとおりです」

「『夢魔の祈り』は発動まで数分かかるはずですが、あの一瞬で使えたのはなぜですか?」

え……そうなの?

僕はただ、聖王騎士団の訓練中に【闇魔法】を使う人がいたから【森羅万象《ワールド・ルーラー》】で学習しただけなのだ。

「それは……」

全員が僕の発言に注目している。

「き、企業秘密です……」

めちゃくちゃ間の悪い空気が流れた。

それからというもの、マクシムさんは僕のことを「すさまじい武芸の達人。きっと幼いころから厳しく育てられたのであろう」と声高に言うようになり、他の騎士たちも、気に入らないようながらも表だってなにか言ってくることはなくなった。

とはいえ、陰ではいろいろ言われているようだけどね。「子どものくせに」という事実に即した内容はもちろん、「なにか閣下の弱みを握っているのでは」という疑いまで持たれていた。僕の耳はいいのである。

なにかあったときに騎士たちは助けてくれないかもな……。ひとりでどうにかしなければ、という思いで僕は護衛の任務に当たっている。

ちなみに僕の身体の動きが4年前よりはるかにレベルアップしているのは、実はライキラさんのおかげだった。というのもゼリィさんが、

「若旦那は、傭兵《ようへい》団の団長からめちゃくちゃレアな天賦珠玉《スキルオーブ》をもらってましたからねー。なんと【身体強化★★★】ですよ。身体全体の筋力を底上げするなんていうあの天賦珠玉、どっから持ってきたんすかねえ……」

ライキラさんの動きが、ひとつひとつを強化する天賦珠玉によるものではなく、【四元魔法】のように一気に全部を高められるものだと認識した瞬間、僕の【森羅万象】が学習し、おかげで身のこなしが数段階上へとレベルアップした。

また、ライキラさんに助けてもらっちゃったな……これはライキラさんの「形見分け」だと思い、大事に使っていこうと僕は決めた。

「レイジ！」

マクシムさんとの試合は、お嬢様にも大きく影響を与えた。

お嬢様は僕をレイジレイジと呼んで近づいてきた。僕は最初、この温室栽培最高級イチゴ姫との距離の取り方に悩んでいたけれど、向こうからぐいぐい詰めてくる。

エヴァお嬢様の近くには同年代の人間がいなかった。

貴族向けの学校なんてものはなく、家庭教師を雇うのが一般的だ。その家庭教師は引退した文官や貴族ばかりで年寄りだ。たまに会う同年齢と言えば父親の付き合いで連れて行かれる社交界のダンスパーティーやお茶会、それに夜会だ。

「同い年くらいの子どもたちは、わたくしを怖がって近寄ってくれないの」

家庭教師によるお勉強の休憩時間に、ムスッとした顔でお嬢様は言った。

「お嬢様が美しいからですか?」

「そんなわけないのだわ！　もう、レイジまでわたくしをバカにする！」

「いやまあ結構本心なんですけど……」

「え!?」

赤い顔でわたわたするお嬢様は「冷血卿《きょう》」に比べてはるかに人間味があって可愛らしい──あ、「怖がられる」ってそういうことか。

「そ、そんな、わたくしが美しいなんてこと……」

「伯爵閣下が怖いから皆さん近寄ってこないということですか?」

「え、ええ、そうなのだわ。でも今、わたくしが聞きたいのはさっきあなたがわたくしを、その美し──」

「お父様のことでは仕方ありませんね。いつかいいお友だちが見つかりますよ」

「……レイジ？」

「それじゃ勉強の続きをしましょうか。先生、お願いします」

僕は「冷血卿」なんて呼ばれる伯爵の娘に生まれたお嬢様に同情する一方、なぜかこの日は残りずっとお嬢様が非常に不機嫌だったのが解《げ》せなかった。

その「冷血卿」は多くの人間の恨みを買っていた。

「私が襲撃された理由？　そうですね、エヴァの護衛にも必要だから教えましょう」

10日に1回、伯爵とは個別に会う時間を設けてもらっている。それは伯爵の「人捜し」の進捗を確認するのと、僕から伯爵にお嬢様の状況を説明するためだった。

「私は聖王の直下の組織『祭壇管理庁』の『長官特別補佐官』という地位を受けており、簡単に言えば『聖王の懐刀』だということです」

「『長官の懐刀』ではなく？」

「はい。細かいことは省きますが、クルヴァーン聖王国には天賦珠玉を産出する『一天祭壇《ファーストアルター》』があることを知っていますね？」

世界に8つの、天賦珠玉を産出する場所。

僕が奴隷として働いていた「六天鉱山《シックスマイン》」もそのうちのひとつだ。

「一天祭壇」はその名の通り祭壇で、日々大量の天賦珠玉が、光とともに祭壇上に現れるらしい――なんともお手軽だ。その他の産出場所が「海底」「氷河」「溶岩」と採取が難しい場所が多いことを考えると「祭壇」にポンッと出てくるクルヴァーン聖王国は労せずして天賦珠玉を大量に獲得できる。

この世界では、天賦珠玉が軍事力に直結する。

クルヴァーン聖王国が大国のひとつであるのも「一天祭壇」の恩恵だ。

「最初、私はレイジさんが祭壇のことを知りたくて近づいてきた可能性を考えましたが、どうやら違うようですね。あなたが知りたいのは『星５つ以上』でしょう？　私でもほとんど耳にしませんよ……年に１、２回ですよ」

「それでも構いません」

伯爵は小さくうなずいた。

「私は陛下の勅命で、祭壇に関するあらゆることを調べています。ここ数年、祭壇から出現する天賦珠玉の量こそ一定ですが、星の数が減っており、それを調査していました」

「星の数が減る……？」

「星３つ以上の出現数が明らかに減りましてね。こうなると考えられるのはたったひとつ、身内による横流しです」

「裏切り……ですか？」

「犯人の幾人かはすでに見つけましたが、単に金に困っていただけという感じでしたね。そしてこれに関係した貴族を全員捕らえ、処刑しました」

ヒッ、処刑て。

「そ、そんな重罪なんですか」

僕は少々寒気を感じながら伯爵と相対していた。伯爵は淡々と、まるで報告書を読むように告げているけれどもそのすべては伯爵が指示し、実行したことだ。

表向きは「横領」や「贈賄」、それに「奴隷の所有」などの違法事実を積み重ねて――伯爵曰《いわ》く「祭壇に手をつけるような輩《やから》が、その他の部分で潔白であるはずがありません」とのことで――処刑に追い込んだそうだ。

祭壇は絶対不可侵。

その祭壇が汚《けが》されているなどという情報が漏れては困ると聖王に釘《くぎ》を刺され、追及はすべて伯爵ひとりの責任で行ったのだとか。

それで、ついたあだ名が「冷血卿」。

伯爵の命を狙った襲撃者には、このとき処刑された貴族の関係者が背後にいるらしい。

「えーっと……伯爵閣下」

「なんでしょう、レイジさん」

「聖王に釘を刺されたような重大事を、なぜ僕にさらっと明かしたのです？」

「…………」

ずるいよね、この人。にっこりウソ笑いして流すんだもん。

「護衛の依頼を出すときに、その辺も話しておくのが筋なんじゃないですかね……」

「聞かれませんでしたので」

聞けるか！　想像できるわけないじゃない、そんなこと！

「ところでレイジさん。こちらが『ルルシャ』さんに関する情報です。これまでどおり、該当しそうな人物は発見されていません」

僕は紙に書かれた報告書を受け取る。「ルルシャ」だけでなく「ルルーシャ」「ルルシ」などの似た名前についても調べてくれている。

伯爵は「冷血卿」だなんてあだ名がついていても、僕と接するときはとても丁寧で、誠実――なように感じられた。契約魔術もちゃんと掛けてくれたし。

その後、僕がお嬢様に関する報告を上げる。それを聞いているときだけは伯爵もかすかに楽しそうにするのだった。

それが、いつもの「報告会」だ。

様相が変わったのは――今から１か月ほど前。

つまるところ僕とお嬢様が「奴隷商潰し」なんてことを始めることになったきっかけでもある。

★

お嬢様は、お嬢様だ。

彼女の母であり伯爵の奥様はずいぶん前に亡《な》くなっている。ただお嬢様はお嬢様として屋敷のみんなに愛されているから、母親が欲しいといったことは口にしたことがない。

「レイジ！」

「目の前にいます。そう大きい声で呼ばないでください」

「わたくしは幸せものだわ。お屋敷のみんなはわたくしに親切だし、あなたのように強い護衛もいる」

「ありがたき幸せ。そのお気持ちだけで我々は満足ですので、それ以上は……」

「わたくしは自分の幸せをみんなに分け与えるべきだと思うのだわ！」

お嬢様はお嬢様なので人の話を最後まで聞いてくれないことがある。いや、聞くときは聞いてくれているのだけれど、僕が「早くこの話終わらないかな？　あるいは僕の関係ないところで進めてくれないかな？」と思っているときには大抵聞いてくれない。

以前は「屋根の上に登ってみたいのだわ！」と言い、僕が7回ほど断っても折れてくれないので仕方なく抱きかかえて屋根に登った。

その景色はすばらしかったけれど、夜に「冷血卿」に呼び出されて無言の笑顔で15分見つめられることになるとわかっていたら登りはしなかったろう。

他にも「街に出て市井《しせい》の暮らしを見てみたいのだわ！」と言われ、はいはいよくあるお嬢様ムーブですね、と思いつつ12回ほど断ったがやはり折れてくれなかった。

ボロ布のような服を買ってきて、お嬢様の美しい髪も帽子だかズタ袋だかわからない布製品に突っ込んで街をご案内して差し上げた。

帰宅すると捜索隊が結成されており、お嬢様の変わり果てた姿にメイドたちは声なき悲鳴を上げて（ふたりが卒倒し、「ふたりで済んだのは奇跡」と後で執事長に言われた）、僕は伯爵から深夜までお説教された。伯爵は感情を表さず懇々と話しかけてくるので精神的にキツイ。

そしてその都度、スィリーズ家の騎士たちは僕を敵視した。お嬢様、僕の敵を増やすことはお止《や》めください。

「お嬢様、お金をばらまくということですか」

幸せのお裾分けなんてできるわけがない。でも大半の人間はお金をもらえれば喜ぶ。

「レイジ、それは違うのだわ。お金では解決できない問題こそわたくしたちが解決しなければならないの。つまり、構造的な問題よ！」

構造的な問題とはすなわち、貴族が平民より明らかな優位に立っていることとか、税金の額は領主が一方的に決められることとか、田舎のほうにいけば領主が花嫁の処女を奪える「初夜権」みたいなものがあることとか、だろうか。

そういった内容は家庭教師から教わった。だけど、あくまでも「貴族側の視点」として、教わったんだけどね……。

誰だよ、お嬢様に「平民側の視点」を植えつけて「公平がいちばん！」なんていう思想を与えたのは。

「わたくしはレイジを見ていて気がついたの。レイジは家庭教師の先生と対等に話をし、勉強しているでしょう。わたくしよりも進んで勉強に取り組んでいることもある。機会さえ与えられれば貴族平民問わず、学び、力を身につけることはできるのだわ！」

どうやら僕のせいです。

「いやお嬢様、あの、僕が勉強しているのはお嬢様の護衛として……」

「レイジ、お父様のところに行くわ！」

お嬢様はやはりお嬢様で、こういうときに話を聞いてくれない。

「お父様にお願いして、この聖王都に広がっているという違法奴隷を撲滅するのだわ！」

聖王陛下は「奴隷制度」について「強く禁止」と言っているが、移民が多いこの国では借金まみれの者も多く、奴隷として最終的に「自分を売る」ことができなければ金貸しは取りっぱぐれてしまう。

そこで登場したのが「下役」だ。

契約魔術によって縛ることで、奴隷と何ら変わりなく扱うことができる。

お嬢様は、

「実質的に奴隷であるのなら、聖王陛下の意向に背くことになるのだわ！」

とお怒りだった。

お嬢様は伯爵に、「奴隷商潰し」のプランを説明しに行った。

（奴隷商に乗り込んで「奴隷を扱ってます」と口にしたらその奴隷商をお取り潰しにする、なんていう「正気か？」と疑ってしまうような提案を伯爵が呑《の》むわけない……）

伯爵は死ぬほど忙しそうな毎日を送っているけれど、お嬢様にだけは甘いので、お嬢様の提案を聞く時間が設けられた。

ふんふんと一通り聞いた伯爵は、いつものとおりなんの感情も浮かべずにこう言った。

「わかったよ、エヴァ。違法性が高いと思われる『人材斡旋所《あっせん》』のリストを用意するので、そこを当たってみるといい」

「ありがとうございます、お父様！」

……はい？　許可が出るの？

「レイジさん、護衛の任務、よろしくお願いします」

伯爵はいつもの無表情で、言った。

★

そうして今に至る。

通算６つ目の奴隷商をつぶしてきて、伯爵邸に戻ってきたところだ。

「今日も問題なく奴隷商を制圧しましたわ！」

勢いよくお嬢様が報告すると、伯爵はうっすらと笑みを浮かべて、

「そうか。よかったね」

とだけ答える。これはいつもと同じやりとりだった。

ただいつもと違うのは、この後、10日に1回の伯爵との「報告会」があることだ。

執務室には僕と伯爵のふたりだけが残った。

壁面には木目の見事な板が打たれており、その広く長い一枚板はたかだか部屋の壁だというのにやたらとお金が掛かっていることをうかがわせる。絵や壺《つぼ》なんていう美術品はない、シンプルな部屋だというのに僕はプレッシャーを感じる。

唯一の宝飾品、というわけではないが、目立つのは伯爵の執務机の向こう側に掛かっている剣だった。きらびやかな宝石を鞘《さや》にあしらった芸術品のような逸品だけれど、ただそれだけでなく【森羅万象《ワールド・ルーラー》】によれば魔術を施されているのだという。

さて、残念ながら、ルルシャさん、星５つ以上の天賦珠玉《スキルオーブ》に関する新情報はなかった。

伯爵の話が終わると、「奴隷商潰し」という名前が一人歩きしているということを僕は報告する。だけれど伯爵は、相変わらず抑揚なく「そうですか」と言っただけだった。

「……伯爵、こんなのおかしいでしょう？　人材斡旋所を一方的につぶして回ったら社会がおかしくなります」

「面白いことを言いますね。あなたはこの聖王都すべてを把握しているのですか？」

「ちょっと経済のことを考えればわかることでしょうし、聡明《そうめい》なあなたがそこに気づかないはずもありません」

「レイジさんは特殊な知識をお持ちのようですね」

「誤魔化さないでください。これまで僕らがつぶしてきた人材斡旋所ですが、その後の捜査はどうなっていますか」

するとと伯爵はすでに用意していたのか、5件の捜査報告書を僕に差し出した。この世界では印刷技術がイマイチなのですべて手書きだ。

ざっと目を通すと、斡旋所の所長たちは「奴隷の扱いが違法だとはわかっていたが、この仕事は合法すれすれだという認識だった」「人材を奴隷と呼んでしまったことについて深く謝罪する」と申し合わせたように供述していた。

（……確かに、合法すれすれだから今まで許可されてたんだよな。本人たちが「奴隷」だと言っちゃったから僕らは無力化して衛兵に突き出してきたわけだけど）

人材斡旋所をつぶして回っても、「身売りしたい」というニーズがなくならない限り、第二第三の人材斡旋所が出てくる。今度はもっと狡猾《こうかつ》に立ち回るヤツらが。

「閣下。もしやあなたは、わざと、お嬢様に好きにやらせているのでは――」

「レイジさん。護衛に関する質問には答えますが、父娘《おやこ》関係の質問は禁止ですよ」

「むう……それなら奴隷商の取り調べに同席したいのですが」

「構いません。衛兵の詰め所に一筆書きましょう」

おっ、簡単に許可が出た。

僕はなんだか居心地の悪さを感じながら伯爵の執務室を後にした——なにかを見逃しているような、気持ちの悪さを感じていた。

（ゼリィさんにも意見を聞こう）

奴隷商潰しのときには陰ながら見守ってくれているゼリィさんは、ふだんは冒険者として活動している。彼女のほうが一般市民の感覚に近いはずだ。

★

お嬢様のスケジュールは、勉強と教養、礼儀作法に奴隷商潰しと多岐に亘《わた》るけれど今日はこれまでになかった用事があった。

お嬢様は今年12歳になり、本格的に「一人前」として貴族社会に足を踏み入れる——そのデビュー戦である、聖王陛下主催の「新芽と新月の晩餐《ばんさん》会」だ。

これは、今年12歳になる貴族の少年少女を集めて行われる夜会だ。学校もなければ入学式も卒業式もない貴族の親たちにとって「新芽と新月の晩餐会」は数少ない子どもの晴れ舞台だけあって裕福な貴族は1年以上前からドレスを発注し、貧乏貴族であっても借金までしてドレスを借りてくる。

男の子の場合は宝剣らしい。宝剣と言えば伯爵の執務室に掛けてある剣も宝剣の一種らしいけれど、あれは「抜いたことなど一度もありません」と伯爵は言っていた。「あの剣を抜かなければいけない事態に陥ったら、もはや負けです」と清々《すがすが》しささえ感じる言いっぷりだった。確かに、伯爵は武闘派じゃないからね。

そんなこんなで朝から屋敷内の空気は浮《うわ》ついていた。

「すごいわぁ……」

「なんて美しいドレス」

メイドたちがうっとりしている。

2年前からスケジュールを押さえた一流のデザイナーと、一流のお針子に仕立てさせたお嬢様のドレスがテーブルに広げられていた。

薄紅色の布地を使ったこのドレスは、キースグラン連邦ゲッフェルト王国直轄領にある「ハイエルフの森」――そこで紡《つむ》がれているサード・シルクをベースにしている。

「ハイエルフの森」は天賦珠玉を産出する「三天森林《サードフォレスト》」を擁する大森林地帯で、ごく限られたルートでしか取引を行っていない。

高濃度の魔力がこめられたサード・シルクは、色を着けるのにも時間が掛かるのだが、そこはスィリーズ伯爵がなんとかしたらしい。

どんなものなのか気になったので、僕も部屋に入って【森羅万象】でドレスを確認する――と、柔らかで肌触りのよい抜群の着心地と、通気性と温かさを兼ね備えた逸品で、防刃効果まであるようだ。こんなものを買い与えるとはやはり親馬鹿……。

「お嬢様、こちらに」

続きの部屋の扉が開くと、そこにお嬢様が現れた。

「⁉」

お嬢様と、僕の視線がぶつかって――硬直する。

バスローブをゆるく羽織っただけのお嬢様は胸元が大きく開かれていて、桜色に色づいた肌と、いまだ発展途上も甚だしい膨らみ始めたばかりの胸があって――。

「なんでレイジがここに⁉」

その叫び声で、全員の視線が僕に突き刺さる。

「レ～イ～ジ～さ～んんんんんんん‼」

鬼の形相のメイド長が突進してきて僕をショルダータックルで弾《はじ》き飛ばした。その速さたるや、マクシムさんより上だったんだけど……。

廊下の壁に激突した僕は傷を【回復魔法】で治しつつ、メイド長からのお説教を食《く》らった。精神的なダメージは魔法では治らない……ぼんやりしてた僕も悪いんだけど、僕に気づかずドレスに目を奪われていたメイド長たちも悪いのではと思わないでもない……。

お嬢様の準備がなかなか終わらず僕は廊下であくびをかみ殺していたが、夕闇が迫るころにようやく部屋の扉が開いた。

メイド長が僕をじろりと見る。

「レイジさん。くれぐれも失礼なことを言わないように」

「僕が軽率なことを言う男に見えますか」

「無自覚で言うから男の子は怖いんです」

メイド長（三十路《みそじ》）から見れば僕なんて子どもなのは間違いないけれど。

「ちゃんとお嬢様を褒めること。あなたがいちばん最初にドレスアップしたお嬢様を見る男の人なんですよ」

「承知」

「かといって棒読みでもダメですし、ストレートな褒め言葉もよくありません」

「…………」

なんか注文が多くないですかね？

「レイジさん。今日はお嬢様にとって非常に重要な日なのです。協力をお願いしますよ」

「……承知」

　メイド長は手を伸ばすと傾いていた僕のポーラータイのエンブレムを直してくれた。

「黙っていればあなたも美男子ですからね。余計なことを言わないように」

　美男子だって。初めて言われたな。

　メイド長に続いて部屋へと入ると——その中心にはお嬢様がイスに座っていた。

「——レイジ？」

　振り向いたお嬢様を見て、僕は絶句した。

　いつもより入念に梳《くしけず》られた金髪は光沢を放っている。ラメはついておらず、だからこその金髪の美しさが際立《きわだ》っている。

　お嬢様の華奢《きゃしゃ》な肩が露出していて、肌理《きめ》の細かく白い肌がそこには現れていた。

　意志をはっきりと口に出す、気が強そうにも見えるお嬢様の顔は、薄化粧を施し、薄紅色のドレスに合わせた口紅が塗られていた。

　アイラインはお嬢様の瞳を際立たせており——直視すると僕ですら「ヤバイ」と思ってしまう彼女の魔性の目が、僕を見据えていた。

　少女を一歩脱却し、大人の世界に足を踏み入れようとしているお嬢様は、なまめかしいまでの色気を放っている。僕は頭がくらくらした。

「レイジ、これ、おかしくない？　わたくし、お化粧は初めてだから……」

「──まったく問題ありません。ですが、くれぐれも晩餐会で流し目などはなさいませんよう。明日から婚約申し込みの書状が山のように届くことになりますから」

「え？　もう、レイジまでそんなこと言うんだから！」

お嬢様は言ったが、そこにいつもの勢いの良さはなくてどこか照れていた。散々、メイドたちから褒められまくっていたのだろう。

化粧や着付けを担当していたメイドは誇らしげに腕組みしている。プロ級である。

（いやほんと、流し目というか視線すら向けないで欲しいよ……）

スィリーズ家の「目」は、あまりにも特殊なのだ。

緋色《ひいろ》の瞳には「魔性」が宿る。

これは──高位貴族たちには知れ渡っているが下位貴族では知らない者もいるらしい。

僕は伯爵から聞く前から【森羅万象】でわかっていたけれども。

伯爵本人が持つ目は、魔力を通すことで相手のウソを判別できる「審理の魔瞳」。

お嬢様が持つ目は、魔力を通すことで相手の戦闘意欲を向上させる「鼓舞の魔瞳」。

天賦珠玉という、それさえあれば誰でも魔法が使えてしまう存在があるからこそさほど注目はされないが、スィリーズ家の血筋にはこういった特別な「魔瞳」、緋色の目が現れるのだった。

　聖王陛下がスィリーズ伯爵を「懐刀《ふところがたな》」にするのは「審理の魔瞳」があるからだ。逆に言うと「ウソ発見器」的なものが天賦《スキル》では再現できない……あるいはものすごく難しいか希少だということになる。

　もちろんこんな魔瞳持ちは極めて少ないみたいだけどね。

「で、でもレイジがそこまで言うのだから、ちょっとは自信を持ってもいいのかしら？」

お嬢様が上目遣いで聞いてくる。あ、ヤバイヤバイ、女の子に免疫のない僕なんて簡単に恋に落ちるって！　メイド長がじろりとにらみながら「気の利《き》いたことを言え」と目で語りかけてくるのがなければ確実に落ちてた。困ったときにはメイド長だな。

　すると玄関が騒がしくなり伯爵の帰宅が告げられ、僕らはそちらへと向かった。

　メイドや執事たちが一斉に頭を下げ、僕もそれに倣《なら》って頭を下げていると伯爵はお嬢様のところへ歩いていく。

「エヴァ。今日は楽しんでくるといい」

「……はい」

　え、それだけ？　ここはこう、もうちょっと褒めるところでしょう。ただし「棒読みはダメ」だし「ストレート過ぎる言い方もダメ」ですよ。

るのを感じる。

「……レイジさん、ちょっと」

伯爵に来い来いと手招きされて玄関の隅へと向かう——全員が僕らの背中を見つめてい

「……娘の機嫌が少々悪いようです。あなたがなにかしでかしたのですか？」

「……いいえ？　僕の振る舞いには心当たりがありませんね」

「……残念ながらそれは真実のようですね」

そこで「審理の魔瞳」を使わないでください。

「……ではいったい娘はどうしたというのです？」

「……さあ。護衛の仕事には含まれませんので」

「……娘の心の健康を守るのも護衛の仕事でしょう」

初めて聞いたよそんなこと。護衛の守備範囲が広すぎる。

「……まあ、お嬢様が心配そうだから教えて差し上げましょう。ちゃんと褒めてあげてください。お嬢様、着飾って美しくなったでしょう？」

すると伯爵は、白皙《はくせき》の美しい顔をかしげる。

「……そのような当然のことを口に出すのですか？」

これは親馬鹿なのか、本気なのか、冗談なのか、判断に困るところだ。

「……閣下は女心がわからないと言われませんか？」

「……相手がウソを吐《つ》いているかどうかはわかるので、望むものを差し上げたことは何度もありますよ」

なんだそれ、「審理の魔瞳」が有能過ぎる。

「……『望むもの』が有形ではなく無形の言葉であることも多々あるのです。騙《だま》されたと思ってドレスアップしたお嬢様を褒めてあげてください」

「…………」

目に魔力が宿った。「審理の魔瞳」をそんなことに使わないように。

納得した伯爵はくるりときびすを返すとお嬢様のところへと戻っていく。

「エヴァ。君のために仕立てたドレスは、君が持つ本来の美しさに比べれば引き立て役に過ぎないけれど、改めて君の美しさがわかったよ。君はスィリーズ家自慢の娘だ」

「あ、あわわわ」

実の父から褒められ慣れしていないお嬢様はあわあわしていた。助けを求めるように僕へと視線を送ってくるので、うなずいて差し上げると、頬を紅潮させて伯爵へと「ありがとうございます」と返していた。

そんなお嬢様の笑顔が見られるのなら――伯爵ににらまれたくらいたいしたことはない

と思ってしまうのは、だいぶ護衛という仕事に毒されてきたのだろうか。

お嬢様を晩餐会《ばんさん》の会場へと運ぶのは伯爵家の馬車だった。スィリーズ家の馬車は「魔瞳」を象徴するような緋色の布が張られた馬車だった。巨大な車輪は鉄製でピカピカに磨かれており、屋根の上に載せられた金色のオブジェは、三日月に剣が2本——スィリーズ家の家紋である。

魔導ランプが4か所吊《つ》り下げられ、温かなオレンジ色の光を放っていた。

「レイジも乗りなさい」

シンプルながら豪華——そんなインパクトのある馬車に少々気後れしていた僕は、お嬢様の言葉に背中を押されるように馬車へと向かった。

マクシムさんが僕に「目を通しておくように」と今日の晩餐会の出席者一覧を渡してきた。今日の今日まで参加ができるかどうかわからない貴族もいるので、配布が当日になるらしい。なんと迷惑な。

マクシムさんも含む、騎馬が10騎、馬車を取り囲む。小窓を開いて外を眺めると、いつもは御用商人の馬車や荷運びでにぎやかな通りも、静かだ。

こういうイベント時には国民への施しが行われるという。お金を渡す、ということではなくて大規模な工事の発注や大量の物資調達など、購入を通じてお金が行き渡るような仕組みだ。工事はともかく物資は購入してもあぶれてしまう。それらは教会を通じて孤児院や貧しい人々に配られるのだという。

（意外とちゃんとしてるんだよね……聖王の統治は。それでもお金が足りない人が出るから、奴隷まがいの身売りのニーズは減らない）

原因はいくつかあると思う。大きなものには、この国は貧富の差が激しい。多少国が施しをしたところで埋まるようなものではない。

貴族という特権階級が美味《おい》しいポジションを全部押さえているのが最初にあって、次にその貴族にぶら下がる商人たちが大金持ちになる。そんな商人たちが「公平無私」であることなんてあり得ないので、彼らは平気で貧乏人からお金をむしり取る。

他には、一部地域で賭博《とばく》が合法なので、ゼリィさんみたいな人がお金を失う。

その他にも、人口が増えていてビジネスチャンスも多いのでいろんな人が借金をして新しいことをやるけど、失敗する……。

そんなことを考えている僕を乗せて馬車は進む。

伯爵邸のあるこの辺りは高級住宅街なので、信じられないくらい長い塀が続いている。

だけどここが「聖王都の中心」なのかと言われると、少し違う。

聖王都の中心に「一天祭壇《ファーストアルター》」も含む「聖王宮」があって、ここに聖王は住んでいる。

聖王宮に入れるのはごく少数で、スィリーズ伯爵も年に数回しか入らないと言っていた（それでも貴族の中では相当に多いほう、らしい）。

中心から木の年輪のように壁で区切られ、聖王都には「1の壁」から「8の壁」まで存在している。聖王宮を囲う「1の壁」があり、「1の壁」と「2の壁」の間にはクルヴァーン聖王国の政《まつりごと》を行う「議場」や、各種「中央官庁」、それに「枢密教会」がある。日本で言う「霞ヶ関《かすみがせき》」だ。伯爵が通っているのはここで、「第1聖区」と呼ばれている。

「2の壁」の外側は「第2聖区」で、今僕らがいる場所でもある。聖王都中央教会の近くに今日の会場がある。伯爵のお屋敷も同じエリアなので「壁」を抜ける必要はない。ちなみに聖王騎士団の寮や練兵場は「第3聖区」にあり、平民でも富裕層は住むことができる。この外から「第4街区」と呼び名が変わるのは、貴族の優越意識なのかな。

いちばん外側、「8の壁」はもちろん城壁であり外敵の侵入を防ぐものなのだけれど、聖王都には多くの人がやってくるので「8の壁」の外にも多くの家が建っている。

「レイジ、どうしたの？　なにか黄昏《たそが》れているわ」

「黄昏れ……いやそんなことないですよ？」

「なにを考えていたの？」

考え事はいろいろあるけれど、「今のお嬢様を直視したくないので外を見ていた」というのが正直なところだ。そこそこ広いが部屋よりははるかに狭いところに向かい合わせで座っている僕とお嬢様。いくら魔力をこめなければ「魔瞳」が発動しないとは言え、やはりスィリーズ家の目は魔性の目だ。見てるとドキドキしてしまう。おかしいな、僕にはロリコン趣味はないのに。

「あっ、わかった」

「ハズレです」

「まだ言ってないのだわ⁉」

「どうせ『昔のことを思い出していた』とか言うんでしょう？」

「………………」

「アタリですね」

「ズルをしたのだわ！」

「相手の心を読めるズルがあるのなら僕だって欲しいですよ」

まあ、それに近い「魔瞳」を伯爵は持っているけどね。

僕は他愛のない会話をお嬢様と続けた――わざと、いつもより明るい口調で話しかけながら。

なぜかと言えば彼女の心に少々余裕がないことに気づいていたからだ。

（……僕はいつまでいっしょにいられるだろうか）

スィリーズ伯爵は、契約魔術のこともあってしっかりと人捜しをしてくれている。ラルクのこと、ルルシャさんのこと、どちらが先に情報が出てくるかはわからないけれど、どちらかがわかったら僕は聖王都を離れるつもりだ。

「レイジは今日の出席者を見た？」

「ああ、こちらですか？」

僕は手にしていた、つるりとした手触りの植物紙を見やった。全部で22人……こんなにいるんだな。お嬢様の名前は上からかぞえて6番目に書いてあった。

厄介そうなところはチェックしておこう、と僕はお嬢様より上の人たちを見た。

★聖王子クルヴシュラト

★公爵家：ルイ＝ロズィエ

★公爵家：エタン＝エベーニュ

☆侯爵家：シャルロット＝フレーズ

☆辺境伯家：ミラ＝ミュール

黒星が男子、白星が女子らしい。

「……なるほど」

「なにが『なるほど』なの？　名前だけ見ても、毛ほども興味が湧かないことがよくわかりました」

率直に言うと、お嬢様は一瞬きょとんとしてから、声を上げて笑い出した。

「あははははっ、もう、レイジったら、そんなこと思っても口にしたらダメなのだわ！」

「はあ……そんなに笑うところですか？」

「それはそうよ！」

お嬢様はひとしきりクスクスしてから、

「ねえ、レイジ。知ってる？」

「なにをですか」

「わたくし今日、お父様に褒められたのだわ」

「……知ってますけど？」

「すごくうれしい！」

そうして僕を見たお嬢様の笑顔は、色気があるわけでも「魔瞳」の妖しげな輝きがあるわけでもなくて——ただ純粋に子どもらしい、きらきらとしたものだった。

不思議なことにそんな笑顔のほうが僕の胸には、染《し》み入るように響いたのだった。

ああ、お嬢様はそれを、ただそれだけを、僕に伝えたかったのか。

「よかったですね、お嬢様」

「うん！」

お嬢様と僕を乗せた馬車は、ゆったりとした速度で晩餐会会場へと向かう——。

残る夕空はほんのわずかで、星が瞬《またた》いていた。今日は新月だからいつもより夜の闇が深い。

馬車が停《と》まる。僕が先に降りて外を確認する。

目の前にあるのは、晩餐会の会場——邸宅まるごとひとつを会場としている場所。

馬車寄せのスペースのそこかしこにキャンドルが置かれてあって、魔導ランプよりも温かく、だけれど目にはきらりと感じられる光を放っている。

多くの馬車がすでに到着し、スィリーズ家の護衛たちも馬から下りてお嬢様が出てくるのを待っていた。

「お嬢様、どうぞ」

僕はお嬢様に、エスコートの手を差し出した。

第2章　晩餐会に思惑は踊る

別世界、というものは存在する。

もちろん伯爵のお屋敷が非常にお金の掛かっているところだとはわかっていたし、お嬢様のドレスが信じられないくらい高額であることも知っている。

問題は、単発なら「おお～、すごい」くらいの感想で済むのに……集団になると。

「ドウェル伯爵家ご令嬢ジュリエット様、ご到着！」

「レミー伯爵家ご令息リュカ様、ご到着！」

「ブリオン伯爵家ご令嬢アリス様、ご到着！」

別世界の入口までは磨かれた大理石の階段になっていて、ひとりが通るたびに召使いがモップのようなものでサササッと拭いていくために常にピッカピカの状態だった。

金の把手《とって》がついた両開きの扉の横で、テノールを利《き》かせたいい声の召使いが「ご到着」を告げている。参加人数分、22回もやらなきゃいけないんだから彼も大変だよね。

お嬢様とは違う、キンキラキンの宝飾に身を包んだご令嬢や、これでもかというくらい

──ひょっとしたらLEDでも仕込んであるのかもしれない──まばゆい光を放つ鎧《よろい》を着込んだ護衛がいっしょに邸宅へと入っていく。

「あとは頼むぞ、レイジ」

「はい、承りました」

マクシムさんが話しかけてきたので、僕は力強くうなずいておいた。中に入れる護衛はひとりだけで、武器の携帯は許されていない。鎧を着ていない護衛は僕だけだからマクシムさんはちょっと不安げである。

入場は到着順ではなく、案内の係の人がいちいち呼びに来た。

僕はお嬢様のすぐ後ろに立って階段を上がっていく。

「……スィリーズ家ご令嬢エヴァ様、ご到着!」

お嬢様を見た呼び出し係《テノールさん》が声を上げたけれど、一瞬間が空いたのは彼がお嬢様を見たからだ。

わかる。わかるよ。化粧してドレスアップしたお嬢様がいきなり目の前に現れたら僕だって悲鳴を上げかねない。むしろぐっとこらえたあなたを褒めてあげたい。

「スィリーズ家」という言葉はなにか特別な力でも持っているのだろうか、ざわざわとしていた邸内が静かになった。

エントランスに入るとほんのちょっとしたスペースがあって、すぐに晩餐会《ばんさん》の会場につながっていた。そのほんのちょっとしたスペースで武器を検《あらた》められるのだが、もちろん僕はなにも持っていない。

そのとき僕の【森羅万象《ワールド・ルーラー》】が情報を伝えてきた。

（……特定の天賦《スキル》を無効化する魔術が掛かってるな）

不思議な感覚だった。ある一定の天賦だけが無効になっていて、残りは大丈夫なような……たとえば僕の【森羅万象】は問題ないのだけれど、【腕力強化】のような戦闘系天賦は無効にされるようだ。

こういうふうに天賦を限定して使えなくすることができるんだな。

戦闘系の天賦を選んで使えなくし、一方で会場内の召使いたちが働くのに必要な天賦は使えるようにしてあるってことか。

（でも【森羅万象】なんて使える人はいないだろうからともかく、【影王魔剣術《シャドウキング》】とかの特殊なものは使えちゃうよね……まあ、知らない天賦はどうしようもないか）

僕はお嬢様とともに晩餐会の会場に入った。

天井が高く、中央には巨大なシャンデリアがぶら下がっている。富豪が殺されるミステリーに出てきそうなものよりも大きい。自動車2台分くらいはあるんじゃないか？

巨大シャンデリアの周囲には小さなシャンデリアが8つぶら下がっていて……というか「小さな」って言ったけどこれでも十分過ぎるほど大きい。

4つの円卓が等間隔に置かれてあって、中央の巨大シャンデリアの下はダンススペースなのか、なにもない。

大理石の床は、その石の色によって場所が分けられており、中央には巨大な青い円が描かれている……っていうか青い大理石なんてないよな。あそこだけ違う石だわ。

とはいえこういった場所でキョロキョロするなというのはメイド長や執事長に釘《くぎ》を刺されまくっていて丑《うし》の刻参りの藁《わら》人形もかくやというほどだ。むしろ、すでに着席している貴族のお子様や護衛たちがこっちをガン見してきた。

「――あれがスィリーズ家の……」

「――うわあ、カワイイ」

「――あのドレス地味じゃなくて？　わたくしのほうが勝ってますわよね？」

どういうふうにお嬢様のことが伝わってるんだろうね。

いやまあどっちかっていうと、「冷血卿《きょう》」の娘が来たって感じなのかな。

僕は【聴覚強化】があるからいろいろ聞こえたけど、お嬢様は聞こえなかったのか――あるいは煩わしい視線は無視できる鋼のメンタル持ちだったのか、案内の召使いに従ってすいすいと進んでいく。

通りすがりに各テーブルの人々を観察したけれど、エルフがいて、ドワーフがいて、獣人がいる。多種多様だ。

いちばん奥のテーブルは6人席だった。

お嬢様がいちばん最初に着座したので空席は5つ。

「ミュール辺境伯家ご令嬢ミラ様、ご到着！」

お嬢様の次に、渋い茶色の髪の毛をアップにした少女が現れた。目元にはそばかすがあって、化粧があれば消せるはずなのだけれど【森羅万象】が僕に「あの子はノーメイク」と囁《ささや》いてくる。要らない情報ありがとう。

肌の大部分を隠すような銀色のドレスは、他のご令嬢と比べるとデザイン的に古さを感じさせたが、それをバカにするような声はひそひそ声ですら聞こえない。

なぜか？

すごいのがついてるからね、護衛。灰色の熊の毛皮を頭からかぶったバーサーカーみたいなのがついてきた。それ必要？「辺境」アピール？

辺境伯家は同じ伯爵ながら、危険がいっぱいの辺境に領地があり、軍を持つことを許されている。だから、伯爵よりも家格が上——ただし中央の政治には関われない。

ミラ様は奥のテーブルにやってくると、ウチのお嬢様を見て、はたと足を止めた。

「ひぃゅ～～～」

……今なんて？

「か、か、か、かわっ、かわいっ、かわっ」

「落ち着きなさい、ミラ。挨拶はあとだ」

熊がしゃべった……熊が⁉

「ひゃい……」

ぽーっとした顔でミラ様は引かれたイスに座るが、その間もお嬢様を見つめていた。

護衛のバーサーカーはどんなプロテインを飲めばそんな筋肉がつくのかというくらい盛り上がった身体《からだ》をしていたけれど、ミラ様を見つめる視線は穏やかだった。

「フレーズ侯爵家ご令嬢シャルロット様、ご到着！」

今度は違った意味でざわついた。ストロベリーブロンドの長い髪を縦ロールで巻いている正真正銘のお嬢様が現れた。フリフリのフリッフリのドレスに身を包んだ彼女は、幼い顔にはミスマッチに過ぎる厚化粧をしていて、どう見ても「顔採用」という紫ヘアーのなよっとしたイケメン護衛を引き連れてこのテーブルまでやってきた。

自信満々という顔でやってきたシャルロット様だったけれど、このテーブルにやってきてお嬢様に視線を向けると――ハッとしてから、瞳の奥に闘志の炎を燃やした。

シャルロット様はお嬢様の次に、ミラ様へと視線を向ける。

「あぁ～ら、相変わらず野暮ったい服ですこと」

だけどミラ様は相変わらずウチのお嬢様を見てぽーっとしている。

嫌みを完璧に無視されたシャルロット様はぷるぷるしていたが、「フン！」と顔を逸《そ》らすとイスに座った。

「エベーニュ公爵家ご令息エタン様、ご到着！」

エタン様を見て――僕はハッとした。

パーマの掛かった飴色《あめいろ》の髪の毛がふんわりとしていて、その幾筋かを複雑に編み込んで左のこめかみに垂らしていた。そこには宝石で作られたビーズも含まれている。

着ている服こそ燕尾《えんび》服のような礼服だけれど、その手首に見えるのは色とりどりの糸を使ったミサンガだ。

「……ハーフリング？」

僕が思わずつぶやくと、それを耳にしたお嬢様が、

「そうなのだわ。エベーニュ公爵家はハーフリングの血が色濃く入っているの」

エタン様はこのテーブルにやってくると、全員を見回してにこりと微笑《ほほえ》んだ。優しそう

な子だ……彼の青い目が、僕にある人を想起させる。

（……ミミノさん、元気かなぁ）

エタン様の護衛が僕を警戒している。長身の女性で、ハーフリングじゃないんだな。

「ロズィエ公爵家ご令息ルイ様、ご到着！」

次に現れた少年は、なんと金髪に赤い目というお嬢様と同じパターンだった。

残念ながら【森羅万象《ワールド・ルーラー》】によるとその目は魔瞳ではなく、単に赤いだけで、しかも髪の毛は茶色を脱色して金髪にしているらしい。

（なーんだ……って）

ルイ様の背後にいた護衛に、僕は驚いた。

聖王騎士団第２隊隊長アルテュール様だ。20代半ばで第２隊の隊長にまで昇格した人物で、親が貴族のボンボンだとか聞いたことがあるけど……。

鳶色《とびいろ》の髪をさらりと片方に流し、彫りの深い目元には灰色の瞳。冷たくも感じられるその目を周囲に投げ、護衛の質を値踏みしているかのようだ。

だけど護衛対象のルイ様は勝手にずかずかと歩いてこのテーブルにやってくると……なぜか自分の席ではなくエヴァお嬢様の横にやってきた。

「おい、スィリーズ家の娘」

人差し指を突きつけてこう言った。

「お前を俺の婚約者にしてやる。明日、うちへ来いよ。父上に紹介してやっから」

心拍数の上昇、耳は赤く、声は震えている。ああ、なるほどね。この少年はお嬢様をどこかで見たことがあって、髪の色をわざわざあわせた上で晩餐会をプロポーズの場として選んだわけか。

よーし、ちょっと痛い目に遭わせてもいいかな？　婚約とやらが既成事実になってしまったらお嬢様の人生にも影響が出てしまうからね？　それにここでなにもせず放っておいたら親馬鹿……失礼、伯爵閣下がブチ切れると思われる。「あなたは護衛ではありませんでしたか？」とか言って。

「レイジ」

僕が腕を振り回しつつルイ少年に近づこうとしたとき、お嬢様が僕を制しつつ立ち上がった。

会場中の注目を集めたお嬢様は、口元を歪《ゆが》ませて妖艶《ようえん》な笑みを浮かべた。

「ルイ様。わたくしたちは本日をもって、一人前の貴族となるのです。レディーの関心を惹《ひ》くにはいささか性急に過ぎるように存じますわ」

「……あ」

ルイ少年、言葉を失う。

「さあ、席におつきくださいませ。聖王子様がいらっしゃいますわ」

優雅に席へと戻ったお嬢様をぽーっと見つめるルイ少年。相変わらずぽーっとしているミラ様もいるけど。

「ルイ様、いかがなさいました？　まだ——この素敵な夜は始まったばかりですわ」

「っ⁉　そっ、そうだな！」

素っ頓狂な声を上げたルイ少年はあわてて席に座った。

ああ……お嬢様、止《や》めてと言ったのに。その妖艶な微笑を浮かべるのはダメですよ。これはやりましたわ。撃ち抜きましたわ。いたいけな少年の心にさらに追い打ちをかけましたわ。淡い恋心がガチ恋になっちゃいましたよ、お嬢様。

「……聖王子クルヴシュラト様、ご到着！　……ッ⁉」

騒ぎが落ち着いたところで最後の呼び出しが聞こえ——なんか変な声がしなかったか？

さらに会場全体がざわっ、としたと思うと、悲鳴に近い歓声が上がった。

「？」

入口を僕も見やったけれど、多くの貴族の子女が立ち上がっている。なんだなんだ？

王子様が来ることはみんな知っていたんじゃないのか？

入ってきたのは、明るい水色の髪を短く切った少年で、活発そうな髪型とは裏腹に目元は優しげだった。アクアマリンをはめ込んだような美しく大きな瞳は「女装させたら男を狂わせるぞ……」とかどうでもいいことを僕に思わせる。

着ている服が面白い。水色の帯の入ったローブというか、着物というか、羽織りというか、そんな感じの宗教服のようなものだったのだ。あれが王族の出《い》で立ちなのだろうか？

あと、額には孫悟空がつけていそうな金色の輪っか——「緊箍児《きんこじ》」っていうんだけどこの世界の人は知らんよね——サークレットをつけている。

……うん。

つまりあれを着ているってことは王族の証《あかし》ってことなんだよね？

目の錯覚か、クルヴシュラト様の後ろにも、同じ服を着た大柄な男がいるんだよね。

「も、も、もしや……!?　レイジ、わたくしのイスを引くのだわ！」

あわててエヴァお嬢様も立ち上がり、ぽーっとしていたルイ少年とミラ様も今ばかりは驚愕《きょうがく》に顔を染めて入口を凝視していた。

クルヴシュラト様とおなじへアスタイルと服装なのだけれど、女の子のようなクルヴシュラト様とは違って身体全体ががっしりとしていて、控えめに言えばゴリラで、大げさに言えば動く石像で、まつげたっぷりのお茶目な目と意志の強そうな眉、あごひげがもみあげとつながっているのはクルヴシュラト様と真逆だ。

服装が同じでなければ、同じ王族だなんて僕は思わない。

「あの御方《おかた》は」

お嬢様が呆然《ぼうぜん》と言った。

「聖王陛下――」

と。

クルヴァーン聖王国の聖王は、王太子である間こそ名前が与えられているが、即位すると「聖王」となり名前を捨てる。

特徴は水色の髪と目。この色は「聖水色《せいすいしょく》」と呼ばれ、子を生《な》す相手がどんな種族であってもこの組み合わせになるか、あるいは相手の遺伝を完全に受け継ぐかのどちらからしい。

ある意味これも、魔瞳と同じ特殊な遺伝なんだろう。

「聖水色」は男女ともに発現するために、女性が王となることも十分あり得る。

――「聖水色」は聖王国にとって特別な色であり、また最も貴き色であるのです。

家庭教師の先生はそう言っていた。

「――本物の聖王陛下⁉」

「――どうしてこんなところに」

「――聖王子様のお付き添いなのか⁉」

ざわつきは最高潮だ。

だが僕のいるテーブル――会場内ではいちばん位の高い場所――にいる子どもたちはその場に片膝を突いて頭《こうべ》を垂れ、僕ら護衛もまたそれに倣《なら》った。

続いて他のテーブルでも同じことが起きると、広い会場は沈黙に包まれ、全員が頭を垂れることとなった。

外ではわずかな残照も消え、新月の夜にふさわしい闇が満ちている。

だけれど会場内は煌々《こうこう》としたシャンデリアが光を投げている。

こつ、こつ、と足音がして聖王子と聖王の足音ふたりぶんがこちらに迫ってくる。

「あ、あの。皆、顔を上げましょう。我もまた同じ晩餐《ばんさん》会の参加者でありますから」

堅苦しい言葉遣いと言い慣れなさと、聖王子本人の幼い声とが入り交じってとんでもないミスマッチ。

でも、誰も顔を上げない。しんと静まり返った会場内に「あわわ……」という聖王子のかわいそうな声が聞こえてくる。

「――聞こえなかったのか、お前ら。顔を上げろ」

ガラスがあったら震えそうな重低音が響くと、真っ先に公爵家のふたりと侯爵家のひとりが顔を上げた。お嬢様や僕、その他の人たちも一斉に顔を上げる。

言ったのは確認するまでもない、聖王本人だ。

直視するとこれまたオーラがすごい。なんか輝いて見える――ってこれ、魔力がダダ漏れなだけのようだ。

「すまねえな。俺が来ると言ったら大混乱になるだろうからあえて伏せておいたんだ。俺はクルヴシュラトの護衛だ。そう思っておいてくれ」

言わずに来ても大混乱ですが？

みんなそう思っているだろうけど言えない。だって相手は聖王だもん。

クルヴシュラト様はみんなが起き上がったことで明らかにホッとした様子。僕らのいるテーブルまでやってくるとイスに腰を下ろした。

で、聖王はクルヴシュラト様の後ろに仁王立ちし、テーブルにいる面々を見渡した――ってマジで護衛扱いなんですか？　いいんですか？　みんな座るに座れなくて所在なさげに突っ立ってますよ？

「……陛下、ご冗談もほどほどになされい」

灰色の熊がしゃべった！　と思ったらミラ様のバーサーカーだった。

「お前だって我が子かわいさに自ら護衛を買って出たんだろうが、ミュール辺境伯閣下」

聖王が眉根を寄せながらじろりと見やる……ってバーサーカーは辺境伯本人だったの⁉

「ならば我らは護衛の役に徹しましょうぞ」

「ああ、俺もそのつもりだ……おいお前ら、いつまで立ってんだ。さっさと座れ」

どこの護衛が「さっさと座れ」なんて客に言うんですかね……。

気がつくと、会場の隅に楽隊が出てきて音楽を奏《かな》で始めている。ヴァイオリンによく似た弦楽器で、会話を邪魔せず耳に心地よい音楽だ。屋敷の召使いが聖王にイスを持ってきて勧め、聖王は「座る護衛がいるか」と断り、召使いを青ざめさせている。

いよいよ晩餐会が始まるのだろう。式次第のようなものがテーブルに置かれてあり、料理のメニュー名と、会の途中に主催者からの挨拶があると書いてある。今回の主催は、ルイ少年の実家であるロズィエ公爵家だ。

「え、ええと、今年12歳となった皆様、初めまして。我がクルヴシュラトであります。後ろの聖……護衛についてはあまり気にしないよう」

誰も口を利《き》いてなかったからね、聖王子様ががんばって会話の口火を切った。でも聖王を気にするなって言われても無理だ。

「クルヴシュラト様、お久しぶりっす」

「ああ、ルイ。久しぶり」

ふたりは面識があるのだろうか、なんとなく気安い会話をしている。

「ん？　髪の色を変えたの？」

「⁉　え、ええ、こ、これは……なんていうか、俺の気分で」

痛いところを突っ込まれてルイ少年が冷や汗をかきながらエヴァお嬢様を気にした。クルヴシュラト様もそれに気づいたのか、エヴァお嬢様へと視線を向け——固まった。

「——聖王子クルヴシュラト様、初めてお目に掛かります。わたくし、スィリーズ伯爵家長女、エヴァと申しますわ」

イスに座っているので小さく頭を下げたお嬢様だったが、クルヴシュラト様はお嬢様に目が釘付《くぎづ》けとなっていた。

「？　クルヴシュラト様、どうなさいました？」

「……あ、あわわ、あの、その……お名前を聞いても？」

「ですからエヴァ＝スィリーズでございますわ」

「そ、そうか！　エヴァスィリーズというんですね、ちょっと長い名前だな。どこの家なのかな——あいてっ⁉」

聖王がクルヴシュラト様の頭にゲンコツを落としていた。いやいや、護衛が護衛対象に危害を加えるなよ。

「落ち着け、クルヴシュラト。嬢ちゃんは……そうか、ヴィクトルの娘かよ」

「はい。聖王陛下におかれましては我がスィリーズ家に大いなる光を――」

聖王に話しかけられたお嬢様は、イスから降りてひざまずき、頭を垂れたのだけれど

――それを遮ったのは聖王本人だ。

「そういうのはいい！　座れ座れ。今日はお前らが主役なんだ」

主役より目立つ護衛がそれを言うな、というのは多くの参加者が思ったに違いない。

お嬢様がイスに戻ると食前酒が運ばれてきた。

テーブルには白の皿と、鏡のように磨かれた純銀製のフォークやナイフが並ぶ。テーブル中央にはなにもなく、ここには大皿料理が運ばれる予定だ。

食前酒には、様々に色づいたグラスへ、リンゴを発酵させたシードルのようなものが注がれている。シードルよりも甘みが強いヤツだ。

お嬢様は、食前酒にほんの少しだけ口をつけてグラスを戻した。その一挙手一投足を見つめてぽーっとしているルイ少年とミラ様。

微笑《ほほえ》ましいことだ。護衛にもちょっとは食べさせてくれないかなぁ、そんなことないだ

ろうなぁ、なんて僕が思っていると聖王が口を開いた。

「ときにヴィクトルの娘、お前婚約はまだか？」

聖王。エタン様、シャルロット様、ミラ様の自己紹介がまだだけどいいんですかね？

「はい。それらは本日の晩餐会以降に決めていこうと父とは話しておりますわ」

「そうか。それならクルヴシュラトなんかはどうだ？」

「ごぼっ⁉」

いきなり言われたクルヴシュラト様が食前酒にむせている。そりゃ驚くよね。天気でもたずねるくらいの気軽さで自分の婚約の話が進んだら。ルイ少年が絶望した顔をしているのがかわいそう。最初こそ生意気なクソガキ――失礼、大変やんちゃなお坊ちゃまだと思っていたけれど、単なる恋する少年なんだよね。

「お父――聖王陛下！　なにを言われるのですか⁉」

「今日はお前の妃《きさき》候補を探す場でもあるとあらかじめ言っておいただろう？」

妃候補。

第２聖王子の。

離れたテーブルに座っていたはずのご令嬢たちが一斉に反応した。全員聞き耳立ててたもんね。他のテーブルは沈黙の食卓になってるよ。

「そ、それは我が自分で考えていいと聖王陛下もおっしゃって……」

「お前の様子を見ていたら、こりゃ決まるまで何年掛かるかわからねえなと思ってよ」

「だからと言って性急な！」

聖王親子がやいのやいのやっていると、

「クルヴシュラト様！　わたくし、フレーズ侯爵家のシャルロットと申しますの！」

すかさず自己アピールにシャルロット様が前のめりになる。

「父がこうも口やかましいと、子どもがかわいそうですのぉ……」

灰色熊がしゃべっ……じゃなかった、バーサーカーだった。

「あ？　そりゃ俺に言ってんのか、辺境伯」

「自覚があるのなら黙っていたらどうですか、護衛殿？」

「俺が呼び出してもなんのかんの理由付けて聖王都に来なかったお前が、娘のためにわざわざ場違いな熊の毛皮着て忍び込んできやがって。こうるさい親はどっちだ？」

「『主役は子ども』、どの口が言いましたかな？」

「あ？　やんのかお前」

「お？　久々に陛下と手合わせならば乗りますぞ。血がたぎる」

気づけばゴリラと熊が半歩の距離で腕組みして向き合っている。

かたや魔力がダダ漏れの聖王、かたやニラミをきかせる灰色熊の辺境伯……いや、ほんと勘弁して。クルヴシュラト様は頭を抱えて突っ伏してるし、同じく辺境伯の娘のミラ様も頭を抱えて突っ伏してるし、完全に話題を持ってかれたシャルロット様は涙目だし。

ハーフリングのエタン様の「え？」というきょとんとした顔を見るとホッとする。そうだよね。それがふつうの反応だよね。同じ「え？」でも「え、これから戦うの？　マジ？　見たい！」って感じで目をキラキラさせているルイ少年はちょっと反省しようね。

つまるところ、晩餐会は波乱とともに幕を開けたのだった。

「――なるほど、ではスィリーズ家はあえて領地を持ってはいないということべな」

「ええ、そうですわ。お父様は常日頃から『領地を持つことは多くの責任を伴い、責任を果たすには多くの時間を要する』とおっしゃいますわ。スィリーズ家は古くより聖王都にて国全体のために尽くすことを是として活動してきましたの」

「そのお考えは立派だなぁ」

「いえ……エタン様のエベーニュ家のように、特産品を作り、国を栄えさせることもまた重要なことです」

「いやいや、ウチはまだまだ――」

「昨年新たな香料の開発が成功したと聞き及んでおりますわ。すばらしいことです」

「参ったなぁ。そこまでご存じとは」

エタン様とウチのお嬢様が和やかに会話している。お嬢様、ちゃんと家庭教師の授業が身についているじゃないですか、よかった——と親心のようにほっこりする。

それにエタン様のハーフリング訛《なま》りにもほっこりしている僕です。

クルヴシュラト様とミラ様は、パパ同士がバチバチ視線で火花を散らしているのでハラハラし、先ほど発言しようとして失敗したシャルロット様は出てくる料理をヤケ食いしていた。

ルイ少年はお嬢様と話したそうな顔をしているが、聖王の「婚約」発言が気になっているのか、あるいは全然話についていけないのか、黙って食事をしている。もぐもぐしつつお嬢様の顔をちらりと見ては「ハァ〜ッ」なんてため息を吐《つ》いていた。

「せっかく同い年なんだ。私たちで友誼《ゆうぎ》を結ぶべな？」

エタン様が全員へ向けて言った。

他のメンバーが気が気じゃないのを見て気を遣ったのだろう。12歳にしてこの心遣い。ハーフリングはいい人しかいないのかよ……ミミノさんに会いたいです。

「すばらしい提案かと思いますわ！」

そこへシャルロット様がここぞとばかりに声を上げると、ルイ少年も、

「友誼を結ぶって具体的になにすんだよ、エタン」

「そうだなぁ……たとえば、私は領地にいる期間が長いので、私が聖王都に来たときに集まってくれるとうれしいべな」

「自分のためかよ」

「いいべな？　聖王都にいる間、ヒマでヒマで。気軽に会えるのなんてルイくらいだし」

「俺で十分だと言うところだろうが、そこは」

「毎日遊んでくれるのか？」

「げーっ、絶対イヤだね」

「まあまあまあまあ、おふたりともとても仲良しでいらっしゃるのね！」

シャルロット様が割って入った。確かに仲が良さそうではあるけど、ルイ少年とエタン様とか絶対に反りが合わなそうだ。

「ところでその友好の輪には、もちろんクルヴシュラト様も……？」

シャルロット様の本題、というか関心はそこにあったらしい。水を向けられたクルヴシュラト様はあわてて振り返り、父の表情を確認する。聖王はにやりとうなずいた。

「わ、我も是非とも参加したいと思う！」

勢い込んで言うクルヴシュラト様がカワイイ。

クルヴシュラト様は言うだけ言ってみんなの反応を確認する。そしてその視線はエヴァお嬢様のところで止まった。お嬢様が首をかしげながら、

「――わたくしもよろしいのですか？」

「スィリーズ家は遠慮なさったほうがよろしいのではなくて？」

するとシャルロット様が水を差した。あわてたのはクルヴシュラト様だ。

「ど、どうしてエヴァ嬢を仲間はずれにするのだ、シャルロット嬢」

「それは……クルヴシュラト様。恐れながらわたくしの口からは申し上げられませんわ。ただ『スィリーズ家は貴族社会に軋轢《あつれき》をもたらす』とだけ……」

シャルロット嬢は、そうして意味深な笑みを浮かべる。

エヴァお嬢様のテーブルにいる面々は、「伯爵」よりも上位の家の人たちだ。お嬢様が今まで出会ってきた人たち――それはおそらく大半が伯爵よりも下位の家の子たちだから、お嬢様はこうも正面から誰かの害意に接したことはなかった。

（心拍数の上昇、皮膚の発汗、体温の低下……お嬢様、テンパってるな）

【森羅万象《ワールド・ルーラー》】でお嬢様を確認するとそんな情報が返ってきた。お嬢様の表情はしっかり凍りついている。

「……スィリーズ家が、貴族社会に軋轢を……ですって？」

ことさら丁寧であろうとしたお嬢様の声はむしろ冷え冷えとして、僕が「血は争えない」と思うほどに伯爵閣下のそれを思い起こさせた。

シャルロット様は息を呑《の》んでたじろいだが、すぐに前のめりになると、

「え、ええ、そうですわ！　伯爵位でありながら領地を持たず、中央政治に関わるその姿は『争いを待つ武器商人』とも呼ばれていることを知らないとは——」

「シャルロット嬢！」

声を上げたのは、クルヴシュラト様だった。呼応したかのように楽隊の音楽が途切れ、しん、と静まり返る。

「……そのような口さがない者らの悪口《あっこう》を、フレーズ家の令嬢ともあろう方が信じていると……？」

きっとクルヴシュラト様は見た目だけじゃなく心根も優しいんだろうな……。

クルヴシュラト様の後ろに立っている聖王は、わずかに口角を上げていた。僕は見ていたけれど、クルヴシュラト様が言わなかったら聖王がなにかを言っていただろう。

とはいえ、一度吐いた言葉を呑み込んで、なかったことにはできない。ここにいるのは子どもたちだけれど、今日から一人前の貴族なのだ。

シャルロット様ははるかに格上の聖王子様に怯《ひる》みながらも言った。

「恐れながら、クルヴシュラト様……スィリーズ伯爵が多くの貴族を処刑台に送り込んだことは事実でございましょう？　結果、多くの領地で流通が滞り、貴族たちは私財を投じて混乱収拾に当たらねばなりませんでしたわ。もちろん、領地を持たない貴族には関係なかったでしょうが」

そんなことがあったのか。

でも伯爵は「一天祭壇《ファーストアルター》」のために行動し、ひいては国全体のために汚れ役を買って出たんだよね……そこを無視して自分たちの被害だけを言うのはどうなんだろう？

いや、そうか、伯爵が「祭壇管理庁」の「長官特別補佐官」だってことは一部の貴族以外に秘密で……伯爵が貴族たちの汚職を摘発したときの罪状も「公金横領」や「脱税」、「贈賄」なんていう「一天祭壇」とは関係ない内容だった。それもこれも「一天祭壇」が「汚《けが》されていない」という体面を保つために。

シャルロット様は侯爵家だけど、知らないのかな？　いや、当主は当然知っているだろうけど、彼女には言っていないのかも。

「さらには混乱に乗じて流通を操り、大金を儲《もう》けた貴族もいたとか？」

はい、ウチの伯爵ならやりかねないですね。そもそも混乱を起こしている側なんだから、その後になにが起きるのかも予測しやすいし。

そういうことやるから「冷血卿《きょう》」に磨きが掛かるんですよ、伯爵。

「……お父様。シャルロット嬢の言葉は……」

あわてたクルヴシュラト様の口調が、ふだんのものに戻ってしまっている。そんな気弱な姿は庇護《ひご》欲をそそるんだけど――それはさておき、聖王は難しい顔をした。

伯爵をかばって真実を話せば「一天祭壇」に泥を塗るし、シャルロット様の言葉に乗れば汚れ役を買って出ている忠臣を裏切ることになる。

「……ある一面においては事実を語っているな」

聖王の言葉に、パァッと表情を輝かせたシャルロット様だったけれど、

「だが政《まつりごと》を行うものは、物事には両面があるということを知らなければならん」

「両面、ですか……？」

きょとんとするクルヴシュラト様の頭を聖王がくしゃくしゃとなでた。

「お前たちは貴族社会に足を踏み入れたばかりだ。これから天賦珠玉《スキルオーブ》を選び、多くのことを学び、時に戦い、時に失敗し、時に喜び、時に苦しみながらも――貴き血を持って生まれた以上はその宿命と戦わねばならん。――シャルロット嬢」

「は、はいっ」

聖王に直接名を呼ばれたシャルロット様は背筋を伸ばした。

「あまりウワサ話に振り回されるな……その話はフレーズのオッサンに聞いたことではないんだろ？　それじゃあ、帰って同じ話をしてやれ……それであいつがなにを言うか、一言漏らさず聞いて心に刻め」

「は、はい……？」

「聖王陛下。護衛がいささか話しすぎかと」

「……そうだな」

熊の辺境伯に言われ、聖王は腕組みをしてツーンと黙ってしまった。

お嬢様たちはなんだか不完全燃焼のままで終わった会話にモヤモヤしているようだが、そこで楽隊が新たな音楽を奏《かな》で始め、次の大皿料理が運ばれてくることとなった。

他のテーブルでもちらほらと会話が始まりだしたけれど、お嬢様は難しい顔で黙っていた。伯爵は「冷血卿」の側面についてなにも教えていなかったのだろうか？　いや、さすがになにも言わないということはないと思うんだけど……。

それまで黙っていたミラ様が、気を利《き》かせてのんびりとした口調で話し始めた。

「美味《おい》しい料理がいっぱいで、わたくし幸せです～。わたくしの領地はその名の通り辺境にありますから～、なかなか食べられないものばかりで……」

クルヴシュラト様がそれに乗っかる。

「今日の料理はロズィエ家が手配したのだよ。ねえ、ルイ?」

「あ、ああ……口に合ったのなら、よかったけど」

ルイ少年がしおらしい。スィリーズ伯爵家の裏を知ってショックだったのだろうか?

「ミラ嬢、ミュール辺境伯領はどんなところなのか我に教えてくれないか?」

「はい〜。とっても田舎です!」

「そ、そうか……もうちょっと詳しく」

「ええっと〜。広い牧草地帯と、農場、それに山岳地帯には古代人の残したダンジョンが多く眠っていて〜、冒険者の往来が活発です」

「聖王都に来るのは初めて?」

「初めてです〜!!」

大きな声だったので他のテーブルの会話がピタリと止まった。それに気づいたミラ様が真っ赤になってもじもじする。

「す、すみません〜……」

「あなたねぇ、ちゃんと教育受けてきたんでしょう?『礼儀作法の時間が退屈だ』って何度もわたくしに手紙を送ってきたじゃない。身についてなければ退屈もなおさら意味がなくなってしまうわ」

「うう〜、そうだよね〜」

おや、シャルロット様とミラ様は意外に親密だったのかな？　そうなってくるとなおさらウチのお嬢様だけぼっちじゃないか。

「………………」

ほら、捨てられた子犬みたいな目でぷるぷるしてる。こう見えてお嬢様は結構な「かまってちゃん」だからな。

クルヴシュラト様は微笑《ほほえ》んだ。

「はは、それくらい聖王都は印象深かったのかな、ミラ嬢には」

「とっても〜……。こんな豪華なパーティーも初めてですし〜、聖王子様や聖王陛下、それにこんなキレイなお嬢様に出会えるなんて〜……」

ぽーっとした目でお嬢様を見てくるミラ様。その視線がどういう意味なのかがわからず、お嬢様は目を瞬《しばた》かせている。

「ミラ。エヴァ嬢に一度我が領に遊びに来ていただいたらどうだ？」

「で、でもパパ〜、ウチに来てもつまらないよ〜……」

パパ？

灰色熊の毛皮をかぶった辺境伯は、娘にはパパと呼ばせているのですか？

「聖王都にずっとお住まいの方だったら外に出たいかもしれんぞ」

意を決したようにミラ様がお嬢様を見る。

「あ、あのエヴァ様～！　よろしければ今度～、辺境伯領まで遊びに来ませんか⁉」

まるで初めてのデートを申し込む中学生だ。

突然の申し込みに、お嬢様が固まってしまう。今までこんなふうに誘ってもらったことがないからだと思う。お嬢様は困ったように僕を見上げるので、小さくうなずいて返すと表情を輝かせて、

「喜んでうかがうのだわ！」

と、今まで猫をかぶっていたことも忘れて、答えた。

ミラ様は面食《めんく》らったようだったけれど、お嬢様が喜んでいるのを見て彼女もまたうれしそうにきゃいきゃいと領地の話をしている——。

（ん？）

そのとき聖王と辺境伯がアイコンタクトをしているのを僕は見た。

（……なんだろ？）

さっきまで火花バチバチだったふたりがこのタイミングでアイコンタクト？

「おお……」

「美味《うま》そうだろ？」

「これはなかなかだべな」

僕の考えは、男子陣の言葉と暴力的な香りによって遮られた。

召使いが4人がかりで、御神輿《おみこし》でも担《かつ》ぐように運んできたのは鳥の丸焼き——鶏のような格好だけれどその大きさは確かに御神輿ほどもあった。

表面は照りが出るように焼かれ、色とりどりの香辛料がまぶされていた。漂ってくるスパイシーな香りが……ヤバイ……僕のお腹《なか》が鳴りそう……。

長い棒によって担がれてきた丸焼きは、さすがにお客の頭上を飛び越えることはなくて、筋骨隆々の召使いがテーブルのそばに待機しており、長い2本のナイフを突き刺すとひとりで持ち上げてテーブルへと移した。

クルヴシュラト様や公爵家の令息たちは見慣れているのか「なんのことはない」という顔だったけれど、お嬢様はびっくりしているし、他のテーブルでは小さな拍手まで起きていた。

取り分けをする給仕人《きゅうじにん》がやってきて、マジックハンドのように長い柄のついたナイフとフォークを巧みに使って肉を切っていく。丸焼きの腹の中には野菜と穀物にハーブがぎっしり詰められており、そこからは鮮烈な香りが漂ってきた。

すでにお客の皿には5種類のソースが用意されており、好みに応じてそれらをつけて食べるのだろう。

「これこれ」

するとクルヴシュラト様がソースを見て小さく声を上げた。好きな味でもあるのかな。

（——え？）

僕が、彼の視線の先にあったソースを【森羅万象《ワールド・ルーラー》】を通して見た——それはお嬢様のソースと見た目はまったく同じだったけれど——ときだった。

パンッ、と乾いた破裂音がした。

海外ドラマで見た拳銃の発砲音のようでもあった。小さいけれど人をハッとさせる音。

次に中央に吊《つる》されていた巨大なシャンデリアが一斉にその火を消していった。

パンパンパンッ——続いて各テーブルの上のシャンデリアが消えていく。

「——なに？」

「——なんだよこれ」

「——怖い」

子息たちが怯《おび》えた声を上げるのも無理はない、会場内は唐突に闇に包まれたからだ。ただふたり、聖王子クルヴシュラトと聖王だけがほんのりと明るく光っていた——それは「聖水色《せいすいしょく》」の魔力のようだ。

なにかのイベント？　それともシャンデリアの故障……いや、故障はあり得ない。シャンデリアはロウソクを灯《とも》しているので魔道具や機械の類じゃない。一斉に消えるということは「外部からの干渉」があったということだ。

僕は「夜目」を使って素早く会場にいる召使いたちを確認する——あわてている。

つまりこれは、イベントではない。

トラブル？　いや——。

パリンッ、という音は会場の窓ガラスが割れた音だ。６つの黒い影が会場内に侵入する。

僕は即座に【火魔法】を５つ展開して周囲に明かりを発生させる。こういうときに【光魔法】があればもっと簡単に明るくできるんだろうけど、持ってない。

ここでは【森羅万象】の能力も戦闘に関する天賦《スキル》においては制限されているために、【魔力量増大】の天賦は使えない。急激な魔力減少に身体《からだ》がぐったりする。

「侵入者だッ‼」

僕は警戒の声を発した。

侵入者はこの暗さでも問題ないのか、テーブルの間をすり抜けてこちらへと迫る——ふつうに考えるなら最も高位の人物が狙われる。守るべきはそこ。

狙いは聖王？　いや、聖王が来ることは予定されていなかった。

ならば聖王子——。

「お嬢様。戦いの許可を」

伯爵ならばお嬢様を連れて逃げなさいと言うだろうけれど、

「許します。レイジ、全員を守るのだわ！」

残念ながらお嬢様は、伯爵よりも人使いが荒い。

★　エタン＝エベーニュ　★

エベーニュ公爵家の令息であるエタンは、会場が暗闇に包まれても動じなかったというのに、今の目の前の光景には驚きを禁じ得なかった。

空中に5つの炎が突然現れたのだ。

それを発生させたのは——エヴァが連れていた少年だった。

晩餐会《ばんさん》の護衛が、少年？　と最初こそいぶかしんだものの、今夜は社交の場と割り切って、見た目で恐れられない話しやすい者を連れてきたのだろうな……とその程度に考えていたのである。

（そんな……⁉　天賦が使えないこの状況で即座に5つの【火魔法】を発動⁉）

エタンは幼いころから多くの護衛や公爵家の騎士を見てきた。天賦珠玉《スキルオーブ》なしに5つの魔法を展開する――それはつまり、

（【火魔法】の天才）

エタンは納得する。こういった天才児はごくごく少数ながらも突然変異的に生まれてくる。だからこそ「冷血卿《きょう》」が娘の護衛につけるのだ――そうエタンは納得した。

（ならば戦闘は素人《しろうと》だべな。明るささえ維持してくれれば後はウチの護衛の仕事）

エタンは自分の護衛と、聖王騎士団のアルテュールへと視線を向ける。彼も、親の後ろ盾で騎士隊長の座に就いたという側面はあるが、それだけで騎士隊長になれるほど甘い職務ではない。こういった有事になにをなすべきかくらいは頭にある。

「エタン様、ここでお待ちを」

護衛が襲撃者へと向けて走り出した――ときだった。

エヴァが、少年に命令した。

「レイジ、全員を守るのだわ！」

その直後、エタンが見ていたはずの護衛の少年が――消えた。

★

天賦珠玉は人に天賦を与える。

この世界の常識だけれど、多くの人が誤解している。

天賦がなくとも「天賦と同等の力」を発揮することができるのだ。たとえば天賦がなくとも魔法を使えるように、天賦がなくとも剣の達人になれるように。

あくまでも天賦は、途中の過程をすっとばして達人の域に到達するための代物だ。

（戦闘音が３つ。残り３人は真《ま》っ直《す》ぐにこちらに向かっている）

各テーブルで襲撃者と戦闘が行われているようだ。応戦しているのは……護衛だな。イスから落ちて腰が抜けている子どもや、金切り声を上げている子どももいる。

僕は【火魔法】で灯した明かりをその場に残し、身体を低くすると【疾走術】を使って走り出した。襲撃者は僕に注目していたようで、彼らの呼吸に動揺が見られる——と【森羅万象《ワールド・ルーラー》】が教えてくれる。

中央の広々としたスペースを突っ切ってくる３人は、天賦がないせいか動きが遅い。僕はぐるりと弧を描くように走り、彼らの横に迫った。

「！」

薄闇の中で僕に気がついたようだけれど、遅いよ。僕はもう襲撃者の目の前にいた。

襲撃者の横っ腹に右拳をめり込ませる。

「がはっ」

黒衣に身を包んだ襲撃者は一瞬、肺の中の空気をすべて吐き出してしまう。そのわずかな時間で十分だ。次のパンチをアゴに見舞う。アゴの先端はボクシングでも急所と言われる「チン」があり、ここを殴ると意識が飛ぶ。

（あ〜、手が痛いぃぃぃ）

黒衣の下に鎖帷子《チェインメイル》を着ていたようで、僕の拳が泣いている。節約モードの魔力量で【回復魔法】を発動し、拳を癒す。

ひとりめが倒れたのに気がついたのか、襲撃者ふたりは僕にターゲットを切り替えた。

腰に佩《は》いていたショートソードを抜き放つと、黒く塗られた刀身は薄闇に溶けて見づらい。

手前のひとりが突きを放ってくる。

その速度は、一般人から見たら格段に速いのだけれど天賦アリの聖王騎士団訓練を見まくってきた僕からすると——なんとも遅い。

（え……その突き方って、まさに聖王騎士団の「型」じゃない？）

構えこそ違うけれど、放たれたショートソードの突きは聖王騎士団そのものだ。

一瞬その驚きに思考を持って行かれ、回避がわずかに遅れ、腕を切り裂かれる。

「〜〜〜っく」

いっつうう……。傷口がジンジンする。出血量はたいしたことないけど、【回復魔法】で簡単に傷を塞いでおく。

もう怒ったぞ——と思っていると次のひとりが眼前に迫っていた。

ひらりと身をかわすが、直前の襲撃者が体勢を立て直し次の突きを放ってきた。

回避には成功したけど僕の体勢がぐらりと揺らぎ——目元だけしか出していない襲撃者だけれども目だけでわかる——明らかにニヤリとした。

追撃が来る。バランスを崩した人間には不可避の一撃が。

「——なんてね」

揺らいだ上体から僕の拳が襲撃者のこめかみにヒットする。ここもまた急所のひとつだ。

瞳の焦点が合わなくなると、襲撃者はその場に崩れ落ちる。

「なっ……⁉」

３人目があわてている。ふふふ、まさかあそこで反撃が来るとは思うまい。

実はこれも天賦のひとつで【ケンカ術】という。どんなに体勢が悪くとも攻撃の威力が落ちないという便利なものだ。

体幹を強化し、身体の柔軟性を上げれば【ケンカ術】を再現できる。ちなみにこの天賦《スキル》は酔っ払ったゼリィさんを回収しに酒場に行ったとき、そこでケンカしていたごろつきが持っていた。

「まさかこんな子ども相手に、逃げないよね？」

「‼」

僕の挑発に、３人目の襲撃者の雰囲気ががらりと変わる。

身体中から噴き出す怒気——それは暗殺者が本来持たないものだ。

気づくと他のテーブルでの戦闘音も止《や》んでいる……って護衛さんたちがやられてるじゃないか。まあ、残った護衛さんが子どもたちを逃がしているのは偉いけど。

つまり僕の正面にひとり、左右と背後にひとりずつ——計４人がいる。

「——ああ、大丈夫。４対１でも問題ないからさ」

追加で言ってやると、残りの３人からも怒りが噴き出した。

「すぐにつぶせ。【火魔法】を使わせるな」

「オウッ」

４人が一斉に飛び掛かってくると、僕が殺されるとでも思ったのか誰かの叫び声が上がった。

近づいてくる。あと３歩で剣が届く距離だ——けれど。

「ッ⁉」

彼らは一斉にバランスを崩して前のめりに倒れそうになった。

「【火魔法】しか使えないとは言ってないよ」

彼らの足元には、盛り上がった床が発生していた。ほんの少し持ち上げる程度ならば少ない魔力量で発動できる——もちろんここが、十分に明るい場所だったならこんな小細工には誰も引っかからなかっただろう。

「これしき！」

４人のうちひとりが転び、ふたりはこらえ、ひとりはむしろその勢いを使って斬り掛かってくる。

なかなかの体幹だ——けれど、一度崩したバランスはやはり元通りにはならない。僕はすでに敵との距離を詰めており、

「防具があっても衝撃は通る」

「がはっ……」

すり抜けざま、膝蹴りを腹にめり込ませていた。

「チッ」

「倒れろ！」

転ばなかったふたりがすぐそこに迫っていて左右から突きが迫る——ところへ、僕の膝蹴りで崩れ落ち掛かっていたひとりを片方にぶん投げた。

「ぬわ⁉」

仲間が飛んできて剣を向けられず、抱き止める。

もう片方の剣は僕の肩目がけて走っているが、襲撃者の持っていた剣を手にした僕はそれを斬り上げてかわす。刃がぶつかり、火花が散る。

「くっ、この！」

2撃、3撃、と突きが放たれるが、僕はそれらを剣で弾《はじ》いていく。それを可能としたのはもちろん【森羅万象《ワールド・ルーラー》】だが、戦闘能力にプラスとして働いているわけではなかった。

ではなにかと言えば——【森羅万象】の持つ「記憶能力」だった。

敵の攻撃はすべて、僕が見学して知った聖王騎士団のそれと同じ剣筋なのだ。僕の個人訓練でも何度も練習した攻撃なのだから簡単にかわすことができる。

最小の動きで攻撃をさばけば、

「くっ、なぜだ⁉」

敵に焦《あせ》りが生まれる。焦りは隙を生み、隙があれば反撃はたやすい。

「ごぼっ……」

剣を弾くのではなく横を通り抜けるようにかわし、敵の後頭部に手刀を叩《たた》き込んだ。強烈な一撃に、そのまま失神して床に伸びた。

「あの小僧、何者だ？」

「撤退するぞッ」

床の起伏で転んでいたふたりと、攻撃の直前に仲間を投げつけられたひとりはこちらに背を向けた。どうやら逃げるらしい——が、

「そうはいかないだろうさ」

彼らの前に立ちはだかったのはアルテュール様と、エタン様の護衛さんだった。

ふたりはルイ少年とエタン様の持っていた宝剣を手にしており、戦う準備は万端だ。

「——ご無事ですか！」

さらには魔導ランプを手にした、それぞれの家の騎士たちが駆《か》け込んでくる。不意に会場内は明るくなった。

襲撃者は囲まれ、捕縛された。

「ふー……」

僕はお嬢様のいるテーブルを見やった。僕の発動した【火魔法】がちょうど消えたタイミングだったけれどそこにはもう多くの騎士が集まって——マクシムさんもいた——お嬢様たちを保護していた。

クルヴシュラト様は明らかにホッとして、辺境伯はミラ様を抱きしめている。

そして聖王は、ただじっと僕を見つめていた——のだけど、それには気づかないフリで僕はお嬢様のところへと戻った。

「レイジ」

……え？　お嬢様、どうして目を吊《つ》り上げているのですか？　お怒りでいらっしゃる？

「なんであんなふうに敵を挑発したの！」

「ええっと……無駄に目立ちたかったわけではありません。僕に敵を注目させたほうが、聖王陛下、聖王子様、貴族の皆様が危険から遠ざかるだろうという判断でした」

「むううううう」

え、ええ……？　どうしてお嬢様は頬をふくらませて怒っているのかな？　僕の行動は「守る専門の護衛」という感じではもちろんなかったけれど、さほど間違ってなかったと思うんだけど……。

そんなお嬢様の難しいお心を測りかねていると、

「――皆の者、騒がせたな！」

突然聖王が大きな声を上げた。

見ると、さらに遅れて到着した聖王騎士によって襲撃者のロープが解かれ、さらには失神から目覚めさせられている。

あぁ、これってやっぱり……。

「実は今の襲撃は、余興である！」

しん……と静まり返る会場内、ぽかんとする貴族の子女たち。

起き上がった襲撃者が黒衣を剝ぎ取って顔を出すと――そこには悪事など行いそうもない青年の顔があった。

「これから一人前の貴族として最初の一歩を踏み出す諸君らに、貴族社会の厳しさを知ってもらうために行った！　襲撃されたとき、諸君らの護衛は真に頼れる者か？　あるいは護衛は武器を持っていないがここにいる男子諸君は武器を持っている。それを使おうと思ったか？　いずれにせよ、こういった極限の状況でこそ人の本性は現れる！　今日の自分が情けなかったのならば、明日誇れる自分になるよう精進せよ‼」

わっはっはっは、と聖王は笑っているけれど、「余興」扱いで襲撃された側としてはたまったものじゃない。放心している貴族の子女はたくさんいたし、どっと疲れたような護衛も多かった。

気絶させられた人だっていたしね……。

「余興」というか、これは「洗礼」なのでは……。

これから先もっと厳しい社会が待っているのだぞ、なんていう。

「余興……」

お嬢様もぽがんとしている。

「そのようですね……余興だと気づけるポイントもあったのに、大立ち回りして恥ずかしいです。挑発したのは大失敗でした」

襲撃者は聖王騎士といっしょに退場して行くが、まだ警戒しているのかそっちをこわごわ眺めている人も多かった。この余興、刺激が強すぎるだろ。

消えたシャンデリアの代わりに会場の壁際《かべぎわ》に魔道具の投光器が置かれ、その光が天井に反射すると会場内は明るくなった。

「余興と気づけるポイントって？」

頬をふくらませるのは止めてくれたらしいお嬢様が僕に聞くと、

「おい、スィリーズ家の護衛。お前、なにに気づいてた？」

さらに聖王からまでも直々に質問を受けてしまった。

どうしよう、こういうときに護衛が発言してもいいのだろうか？　テーブルの全員がこっちを見てるし。

「レイジ、いいのだわ。答えて」

聖王始め、高位の貴族家に見つめられた僕が困っていると、お嬢様が助け船を出してくれた。

「――まず聖王陛下と辺境伯閣下のアイコンタクトが気になりました。おふたりがこの会に参加することはお互いご存じなかった様子でしたが、この『余興』については、おふたりは当然ご存じだった」

「…………」

灰色熊がこっちをじっと見つめてくる。怖い。

「それともうひとつは、シャンデリアのキャンドルが消えたことです」

「……なぜそれがおかしい？」

「自分が襲撃者なら、シャンデリアを切って落とします。そうしたほうがより混乱を招きます。『余興』のためにシャンデリアを落とすにはお金が掛かりすぎるし、割れたガラス片が要らぬケガを招くこともあります」

「うむ……」

「他にも――」

「まだあるのか⁉」

「襲撃者の剣筋が明らかに聖王騎士団のものでしたから……まあ、これらは戦闘中に気づいたことですけれど。あと、暗闇で聖王陛下と聖王子様は光を放っていました。聖水色《せいすいしょく》が暗闇に光るという情報を持っていたなら暗殺者はクロスボウなどで狙撃するでしょう。あるいは逃走前に剣を投げつけるくらいはするはずです。というか、ターゲットを放って逃げる襲撃者はいません。プロの襲撃者なら自分が死んででも殺そうとするのがふつうですし、第一僕の挑発に引っかかったのもプロらしくありません」

「いやちょっと待て。ターゲットが俺たちではない可能性もあるだろう」

「聖王陛下はそうかもしれませんが、聖王子様はターゲットだと思います」

「なぜだ？　襲撃者の多くがこちらのテーブルに向かってきたからか？」

「いいえ」

僕が指差したのは――テーブルの上。

美味《おい》しそうにクルヴシュラト様が見つめていた5つのソースの皿だ。

「聖王子様のソースにだけ、毒が混ぜられていますから」

さっき気がついたこと。【森羅万象《ワールド・ルーラー》】は今も確かに、そのソースは「人体に極めて有害」という情報を送ってきている。

その言葉を聞いた聖王は――顔から表情が抜け落ちた。

（……ん？　毒皿も「余興」の一種だと思ってたけど……いや、待てよ。それはおかしいな。毒殺を防ぐのは余興にもなんにもならない。クルヴシュラト様が死んだふりをして反応を確認するとかなら余興としてあり得るけど、本物の毒を使う必要はないし）

そんなことを考えていたら、

「おい、スィリーズ家の護衛」

聖王が僕を呼んだ。

「ここに毒があるってのはマジなのか？」

「はい。確実かと」

そのとき僕は否応《いやおう》なく気づかされた。

聖王の顔が憤怒《ふんぬ》に染まっている――つまりその「毒」は「予想外」。

誰かが本気で、クルヴシュラト様を殺そうとしていたのだ。

第3章　駆け引きの1か月

護衛の朝は早い。

たとえ前日に聖王子毒殺未遂が起きて夜遅くまで取り調べに付き合わされ、その後に雇い主の伯爵に事情を説明しなければならずようやく眠れたのが深夜だったとしても——護衛の朝は早い。

屋敷の使用人は寮があるのだけれど、護衛の僕は屋敷内に個室を与えられている。ベッドから出るとたらいに【生活魔法《コンビニエント》】で水を出して顔を洗う。少々ひんやりするくらいの水で気持ちがいい。

まともな鏡は高額なので、ピカピカにした鉄製の板で髪の生え際をチェック。毛髪量の確認じゃないよ？　しばらくは染髪剤《ヘアダイ》を使わなくて大丈夫そうだ。寝癖もない。あとはササッと着替えれば準備完了。

「おはようございます」

「おはようございます」

すでに何人ものメイドや執事が活動を始めている。まだ日の出の時間だというのに玄関ホールはバタバタしている気配があった。

「あとはよろしくお願いします」

「いってらっしゃいませ」

大勢の使用人が頭を下げて、伯爵と執事長が出て行くのを見送る。……伯爵、僕の報告を聞いてから寝て、今出かけるってことはほとんど寝てないんじゃないかな。あるいは一睡もしていないとか？

僕から伯爵への報告は、「余興」については軽く触れ、その後の「毒殺未遂」について多くの時間を使った。伯爵は僕が見聞きした情報をすべてメモにとっていた。というのも伯爵は「人間ウソ発見器」なので、犯人捜しに付き合わされるのは確実だからだ。

（ご愁傷様。がんばってください）

僕の取り調べは終わっているので気楽なものである。

そんなところへお嬢様が起床したという報《しら》せが入る。

「おはようございます、お嬢様」

「おはよう、レイジ」

お嬢様はひとりで朝食をとり、僕はテーブルを挟んで向かいに立っている。

相変わらずの美しい見た目と所作で、食事をしているだけだというのに絵になるのだから美男美女は得だなぁとかそんなことを僕は思いつつ予定の確認を終わらせた。

「レイジ、昨日はどうだったの？　わたくし、先に帰ったでしょう」

なんだかお嬢様の様子が変だな。気落ちしているような……そんなふうに見える。

「取り調べに付き合ってだいぶ遅くなりましたね。伯爵は僕の帰りを待っていてくださったようで……」

「昨日、レイジが襲撃者を制圧して、それから聖王陛下や聖王子様に向かってお話ししていた姿に、みんなすっかり感心していて……わたくしも、驚いたのだわ」

やはり様子がおかしいな。いつもなら「レイジはすごいのだわ！」くらいに軽い口調で言ってくるはずなのに――と思っていると、

「エヴァお嬢様。今のお話は初耳でございますね」

執事長がメガネの位置をずらしながら食いついてきた。

ヤバイ。その辺は伯爵への報告に含めなかったんだよね。自分の手柄自慢みたいになりそうだったし……話を変えよう。

「そ、そうだ！　今日はお嬢様の護衛から外れますので騎士の誰かがつきます」

「――え？」

お嬢様の表情がさらに曇る——いったいどうしたというんだろう。僕の胸にもやっとした不安が芽生え、広がっていく。

「だ、大丈夫ですよ。お嬢様、なるべく早く戻りますから」

「ほんと……？」

「ほんとうです」

「約束できる？」

「約束しましょう」

僕は右手を伏せて差し出し、人差し指と中指をくっつけた。これは「二言はありません」、つまり「指切りげんまん」みたいなものだし、ある意味で「誓い」にも似ている。

「……わかったのだわ。わたくしは、今日はミラ様にお手紙を書きます」

「ええ、そうしてください」

お嬢様の小さな手が僕の二本指をぎゅっと握りしめた。

柔らかく温かかった。


今日は以前、伯爵が僕に許可してくれた——6番目の「奴隷商」の尋問の日だった。

聖王子の毒殺未遂は大事件だけれど、僕にとっては「奴隷商」問題のほうが大きい。なんせ、放っておけばお嬢様は次の「奴隷商」目指して突撃すると言い出しかねないからだ。伯爵からもらった人材斡旋《あっせん》所のリストはまだまだたっぷりある。

6番目の「奴隷商」がいるのは衛兵の駐屯所だった。そこには留置場が併設されていて、一時的にそこに犯罪者の身柄が預けられ、審理ののちに判決が下りる。

尋問室は狭く、小さなイスと小さな窓がひとつあるだけ。足元は地面が剝《む》き出しで砂がまいてある。

でっぷりとした「奴隷商」は尋問室に僕が入っていくとぎょっとした顔をした。

衛兵隊長は「じゃ、あとは自由にどうぞ」と壁際《かべぎわ》に退いて、僕は「奴隷商」の正面に立った。木板に紙を載せた書記がスタンバイしている。

尋問に同席のつもりだったのに、尋問を全部やっちゃってオーケーらしい。じゃあ、なにから聞こうかな——と思っていると、

「お、俺たちは法律に則《のっと》って『人材斡旋所』を経営している。そりゃあ、口が滑って『奴隷』なんて言葉を使ってしまったが、それはただのうっかりだ。あと貴族のお嬢様にたいして礼儀がなっていなかったのはしょうがないだろ。お前たちだって最初はありもしねぇ商会を名乗ったんだから」

聞くより前に「奴隷商」が話し出した。

うーん……他の「奴隷商」とまったく同じ証言内容だ……。台本でもあるのか？

ふとそのとき、僕はある「仮説」に行き当たった。

「ええと、では改めて僕から質問をするよ。いいかい？」

「まあ……いいが。他に言えることなんてなにもないぞ」

「この商売を始めたのはいつから？」

「……へ？」

予想外だったのか、きょとんとする。

「この商売を始めたのは、いつから？　と聞いたんだ」

「え、ええと……もう15年になるわいな」

「場所は聖王都でずっと？」

「そうだ」

「競合他社と比べて自分の会社の強みはあるか？」

「……そこも『人材斡旋所』なんて同じ仕事だ——と言いたいところだが、うちは貴族様とのパイプが太いからな。扱う金額がデカイ」

へっへっ、と誇らしげに笑っている。

「刑罰が下っても同じ商売をまたやるか？」

「それは……まあ、俺の天賦《スキル》はそういうもんだし……」

「【隷属権能《スレイブマスター》★★★】か？」

「そうだ。でもこの仕事は違法じゃないんだぜ？」

「わかってる。それじゃ最後の質問だ」

僕は言った。

「スイリーズ伯爵から、いくらもらった？」

「ッ‼⁉⁇」

……驚愕《きょうがく》したオッサンなんて、たいして可愛《かわい》くはないと僕は知った。


尋問を終えると、僕はその足でゼリィさんをたずねた。彼女の住む部屋には僕が聖王都に来るまでに使っていた荷物なんかも預けてある。

ゼリィさんには、僕とラルクのことをすでに話していた——話した後に、お酒に酔って醜態をさらす人なのだと知って、海より深く後悔した。

彼女は午前中は大体寝ていて、今日もやっぱり寝ていたので叩《たた》き起こす。

「ふあ……おはようございます」

「もうお昼ですよ」

「そう言えば、坊ちゃんが送った手紙ですけど、受け取りされずに処分されたと連絡がありましたよ」

「そう……ですか」

僕が送った手紙とは、「銀の天秤《てんびん》」宛のものだ。

「銀の天秤」は僕がお世話になったパーティーの名前で、ダンテスさんやミミノさん、それにノンさんが今も所属している——はずだ。

生活が落ち着いた1年後に手紙を送ってから、半年ごとに一度ずつ送っているのだけれど、受領の連絡は一度もない。アッヘンバッハ公爵領の領都にはもういないようだ。

どこに行ったのかな……せめて僕が元気だってことくらいは伝えたいんだけど、冒険者ギルドでも預かり期限が半年までと決まっているので、こうして受取人が現れずに手紙が処分されるとその連絡が来る。

「じゃあ、また書くので送ってください」

「マジっすか⁉　あんなにクッソ金かかるのに！」

「まあ……高額は高額ですよね」

「なのに冒険者に支払われる金額はクッソ安いんですよ！　しかも指名されて断ったらギルド内の評価下げられますから受けざるを得ないんすわ。高ランクの冒険者だってこれにゃ逆らえない。カーッ、思い出したら腹が立ってきた。これは昼から飲むしかない」

「ダメ人間になったら見捨てますよ？」

「……えへへ、坊ちゃぁん、冗談に決まってるじゃないっすかぁ。これでもあーし、『働き者ゼリィ』ってギルドじゃ評判ですよ？」

ゼリィさんの借金は僕が肩代わりしただけじゃなくて、今もお小遣いあげてるからね。

今年20歳になるっていういい大人が、14歳に媚《こ》びている図は正直どうかと思う。この人は放っておいたらどんどんダメになりそう。

「『飲み助ゼリィ』って二つ名を耳にしましたけど」

「よぉーし、そんなこと言ったヤツはこの手で八つ裂きにしてやりましょうね！　さ！　坊ちゃん！　誰が言ったのか教えてくだせぇ！」

「言ったのは僕なんですが、僕を八つ裂きにするんですか？」

「坊ちゃぁん……八つ裂きなんて冗談、ゼリィのカワイイ冗談に決まってるじゃないですかぁ……へへへ……」

すぱーんすぱーんと拳を打ちつけていた手を、そのまま揉《も》み手に切り替えたスムーズさがもうほんとダメ。

「とまあ、おふざけは大概にしておきますけど……実はちょっと厄介ごとです」

僕はゼリィさんに昨日からの様々なことを包み隠さず話した。ふんふん、と特に驚くでもなく聞いている姿にこっちのほうがびっくりしながらも――ゼリィさんは話が終わるとこう言った。

「坊ちゃん、お気を付けください。この世でなにが怖いって、ドラゴンでもなけりゃ天銀《ミスリル》級《ランク》の冒険者でもないんです」

「え？」

「権力を持ってるヤツが一等怖いんです」

確かに――それはそうだ。彼女のいた「闇牙傭兵団《あんがようへい》」は「天銀級」冒険者クリスタにめちゃくちゃにされたけれど、ライキラさんは隙を突いてクリスタを倒した。

だけれどそんな彼らを動かしていたのは権力者たちだ。

「伯爵だって権力持ちでしょうが、それ以上に強い権力だってあります。とにかく気を付けてください。坊ちゃんが毒殺犯に仕立て上げられることだって、ありえるんですよ」

「そんなバカな」

「仮にエヴァ様に嫌疑を掛けられたら、伯爵は坊ちゃんに罪をかぶせるでしょ？」

「…………」

「『審理の魔瞳』を持つ伯爵がそうと言ったら、誰にも否定できやせん」

「……そう、ですね」

　そのとおりだと思った。僕はいつしか、お嬢様から信頼を寄せられることで伯爵にも信頼を寄せすぎていたのかもしれない。

　僕は伯爵に対する警戒レベルを変更した。あらゆる危険を想定して動くべきだ。

「坊ちゃん、あと……これ」

　すると、ゼリィさんは手を差し出した。けど、そこにはなにも載ってない。

「ん？　なんですか？」

「えへへ……坊ちゃぁん」

　ゼリィさんがダメな大人の目をしていた。そう、僕は「生活費がもう底をついちゃってるんですよぉ……」と言われて数枚の銀貨を手渡した。……ゼリィさんはダメな人だけど、お金を渡す僕もダメなんだよね……。

　伯爵邸に戻ったのは午後3時近くになっていた。伯爵が帰ってくるのは日没後……昨日、あんなことがあったのなら夜遅くでもおかしくはないと思う。執事長に、僕が会いたがっていることを伝えておいてもらおう。

　と思っていたら、

「戻りましたか」

「え？」

玄関ホールには伯爵が立っていたのだ。

「レイジ！」

「お嬢様――わたっ」

突進してきたお嬢様に抱きつかれ、僕はたたらを踏んだけれど上体のバネには自信があるのでそれをぐっとこらえた。

「ど、どうしましたか……？」

「早く帰ってくると言っていたのだわ！　それなのに、こんな時間に……」

え？　お嬢様が僕を心配……？

（違う）

今日は朝から様子が変だった。いや、昨晩の襲撃の直後も、僕が思っていなかったような反応をしていた。

（ああ、なにやってるんだ僕は……お嬢様は、不安がっていたんだ）

まだ12歳なんだ。当たり前じゃないか。

だというのに僕はそこに気づかないで、のうのうと「奴隷商」の尋問に行き、ゼリィさんのところにまで寄って戻ってきた。

「……申し訳ありません、お嬢様。今日はおやすみになるまで残りの時間ずっといっしょにいますから」

「ほんとう……？」

「もちろんです」

そこまで言うと、のろのろとお嬢様は僕を抱きしめる手を離してくれた。

伯爵が永久凍土のような目で僕を見ているのが気になります。

「レイジさん」

「お、落ち着いて、伯爵、落ち着いて……」

「ええ、私は落ち着いていますよ？　昨日、あれほどのトラブルがあったというのに外をほっつき歩いている護衛にどのように物の道理を説くべきかを考えるほどにはね……」

お説教コースが決定したようです。

「そ、それよりもそちらの御方《おかた》は……」

僕は伯爵の横に立っている、ひょろりとした男性に目が行った。貴族、というより文官風の男性で、それなりに上等そうな茶色の上着を着ている。

ただ肌の色は青黒く、髪の毛は逆立つ銀髪だ。目元にかけたメガネの向こうは猫のような金色の目。ヒト種族じゃないな。

「やあ、これは面白いものを見られました。スィリーズ伯爵閣下も、人の親であったということでしょうか」

「……スペキュラ2等書記官、そのように貴族を茶化すものではありませんよ。エヴァ、レイジさん、私の部屋へ」

促されやってきた伯爵の執務室には、僕、お嬢様、伯爵、スペキュラさん、そして執事長の5人がいた。

(この人は、なんなんだろう)

僕がスペキュラさんを見ると、手を差し出され握手をかわした。

「初めまして、レイジさん。王都内政庁にて書記官を務めております」

「初めまして。スィリーズ家でエヴァお嬢様の護衛を務めております」

「ふむ……」

「?」

そのときスペキュラさんの目が眇《すが》められたように感じられた。なんだろう……こちらを探るような視線だ。

「……伯爵、レイジさんの様子はいつも通りですか?」

「はい」

「そうですか。ではこちらをどうぞ」

なんだなんだ？

スペキュラさんは何事かを手元の紙に書きつけて伯爵に渡した。伯爵はそれを受け取ると、秀麗な眉をひっそりと寄せて、小さくうなずいた。

「ではこれで」

「え、もう行かれるんですか？」

「私の仕事は終わりましたので」

スペキュラさんは立ち上がると、執事長に一礼して部屋を出て行く——と同時に執事長もまた彼とともに出て行った。

「なんだったんですの、お父様」

「…………」

伯爵は紙を見つめていたが、僕らにそれを見せた。

「スペキュラ２等書記官は、王都内政庁でも極めて希有《けう》な天賦《スキル》を与えられているんです」

紙にはこう書かれてあった——「天賦ナシ」と。

「天賦【オーブ視★★】は、触れた相手の天賦を知ることができます。彼のレベルでは星の数まではわかりませんがね……つい今し方、レイジさんの天賦を確認してもらいました」

「お父様⁉　なぜそのようなことを――」

驚き、責めるような口調ながらもお嬢様はハッとする。

「レイジ、あなたは……」

「はい。僕は天賦をひとつもつけておりません」

正直に話した。

（あっぶね～～～～！　【オーブ視】みたいな天賦があるかもって気はしてたんだ！）

これまで、伯爵は一度も僕に天賦の確認をしていない。完全実力主義の伯爵らしいけれども、とにかく聞かれていない。

でも、昨日の一件で、僕が毒入り皿を見抜いたことを知った伯爵は、僕がなんらかの特殊な天賦を持っていると考えたに違いない。その天賦はひょっとしたら伯爵やお嬢様に害をなすためのものではないのか……と疑ってもおかしくはない。伯爵はお嬢様のことに関してはめちゃくちゃ慎重だから。

（ほんとのほんとに念のためだったけど【森羅万象《ワールド・ルーラー》】を外しておいてよかった……これ知られたら、絶対ヤバイよな。星10の天賦なんて）

ゼリィさんと話していてよかった。警戒しておいてよかったよ……！

伯爵には「審理の魔瞳」がある。だから僕は「天賦を持っていない」ではなく「天賦をつけていない」と答えた。これならウソじゃない。

「申し訳ありません、レイジさん。特別な疑いがあったわけではありません」

「いいえ、お気持ちはわかります。万が一をお考えでしたね？」

「はい。せっかくなのでひとつお教えしましょう。天賦珠玉《スキルオーブ》に頼らず魔法を使えるようになった者は、魔法の発動が早かったり、通常とは違う魔法の使い勝手ができたりと、様々な利点があるようです。マクシムとの手合わせで【闇魔法】の『夢魔の祈り《プレイング・ナイトメア》』を使ったでしょう？　あの発動があまりに早かったことは、これで説明がつきます」

「……もしかして、伯爵はあのときから僕が魔法系の天賦を持っていないのではないかとにらんでいたのですか？」

「ええ……まさかなにひとつ持っていないとは思いませんでしたがね……天賦を持たないことに理由があるのですか？」

「いいえ。つけなくとも今のところは問題なく生きていけているので、どうしようもなくなったらつけます」

これは正直に話した。【森羅万象】でなんとかなっている今、16枠あるホルダーのうち、残りの6枠は空いたままだ。聞いているお嬢様は驚いて目を見開いている。

「それと昨夜の晩餐《ばんさん》会の件ですが、聖王子クルヴシュラト様の皿から毒物が発見された件は、あの毒はレイジさんが入れたものではないかと言う貴族もいました」

「そんな⁉ お父様、レイジが毒を入れるわけありませんわ！」

「知っているさ。魔瞳を使って確認済みだからね」

え、いつの間に？

驚く僕をよそに、伯爵が言う。

「昨夜の事件のおかげでエヴァに天賦珠玉を与えるのは、1月後《ひとつき》になってしまいました」

「1月後……？ 伯爵がお嬢様にこの家で与えるのではないのですか？」

「『新芽と新月の晩餐会』に出席していた12歳の子女が、再度一堂に会して聖王陛下の前でひとりずつ天賦珠玉が与えられます。用意するのは親ですがね。そこで天賦も公表されるので、各貴族の現在の力がどれほどあるのかもわかるというわけです」

「天賦珠玉を手に入れるのも貴族の腕だということですか」

「はい。……エヴァ、なんの天賦珠玉がもらえるのか知りたいかい？」

「いえ、1月後にわかるのでしたら焦《あせ》りませんわ。それよりもクルヴシュラト様の毒殺未遂事件と、これからの聖王宮の動きが気になっています」

真顔でうなずいた伯爵は、にっこりとしたウソ笑いよりよほど感情があらわになってい
る——そんなふうに思うくらいには僕はこの伯爵を理解していた。

（お嬢様、今のは百点満点の回答ですよ）

貴族は、得られるものがあるときに焦ってはならない。貴族は、私事より公事《くじ》を優先すべき——という家庭教師の教えがきちんと身についている。

「聖王陛下は、クルヴシュラト様の毒殺未遂の犯人が判明するまでは、天賦珠玉の授与式を延期すると仰《おお》せでした。しかしながら『新芽と新月の晩餐会』と『天賦珠玉授与式』のためにこれ以上領地を留守にできない貴族も多く、最長でも延期は１月となりました」

伯爵は今日、聖王に連れられて聖王都に集まっている要人たちと面会し、毒殺未遂について「審理の魔瞳」を使うよう命じられたという。

第１聖王子、第１聖王女を始め、高位貴族の当主たちもだ。

ちなみに、クルヴシュラト様のソース皿に毒を盛ったとおぼしき召使いは行方をくらませているそうな。高位の貴族がその者を匿《かくま》った場合、見つけるのはとても難しいらしく、それならば当主本人を「審理の魔瞳」で判別したほうが早い——ということらしい。

「私が『審理の魔瞳』を持っていることをほとんど全員知っていますからね。にらみ殺されるかと思いましたよ。そんな苦労があっても犯人は見つかりませんでしたが」

しれっと言っているけど、めちゃくちゃ重いシチュエーションだな。それだけじゃない。こんな状況は伯爵への再襲撃を引き起こすんじゃないか？

「あの、伯爵……」

「レイジさん、護衛に関する話はあとでしましょう」

伯爵は当然それを理解しているのだ——だけれど、お嬢様に聞かせたくなくて「あとで」と言った。

「……お父様。レイジ。わたくしはもう一人前の貴族となりましたわ。わたくしにも関わることであれば教えてくださいませ」

しかしお嬢様は、それを「よし」としなかった。

いや、今までは伯爵の言うとおりにしてきたのだと思う。「お前は聞かなくていい」と言われれば「はい」と答えていたし、「奴隷商潰し」だって伯爵が「止《や》めなさい」と言えば止めていた可能性が高い。

これが……ついさっきまで不安に押しつぶされそうだった少女なのだろうか？

あの一晩でお嬢様はほんとうに、一人前の貴族に成長してしまったのだろうか？

（そうじゃない……お嬢様はずっと、成長し続けていたんだ）

思えばお嬢様は、最初からお嬢様だった。護衛の僕に無茶振りをして困らせる。でもその動機のすべては自分のためではなく、この家の、この国の人々の、この世界のためだった。

　木や屋根に登ったお嬢様はこの国の形を自分の目で確認しようと精一杯だった。

　平民の格好をして町を歩いたのもまた同様だ。

「奴隷商潰し」だって自分のためではなく、自分の考えた「正義」を試そうとしているようだった。

　お嬢様は、最初からお嬢様で。

　そして最初から一人前の貴族になろうとしていた。

「エヴァ、お前はまだ……」

「伯爵」

　そんなお嬢様に振り回されるのは大変だったけれど、一度も「護衛を辞めよう」と思わなかったのは――僕は心のどこかでお嬢様を応援していたからだ。

「お嬢様はもう、一人前のレディーでいらっしゃいます」

　ハッとしたようにお嬢様が僕を見る。それは純粋な驚きで、次に――なぜかすこし、お嬢様は頰を赤らめた。

「ええ、そ、そうでしたね」

伯爵の口調が、変わった。

「ではあなたも、一人前のレディーとして扱います」

「！　はい」

お嬢様もまた背筋を伸ばして伯爵の顔を見つめる――伯爵は、丁寧な言葉とは裏腹に遠慮のない言葉を使い始めた。

「まず私が殺される可能性が高くなりました」

「ッ……はい。それはお父様が尋問を続けると、いずれ犯人にたどり着くからですね？」

「そのとおりです。聖王子様を害する動機は、王族や貴族以外にありませんからね。聖王陛下は確度の高い人物から当たっていったのでしょう」

「確度の高い……？　第1聖王子様と第1聖王女様は聖王位継承権は上位なのですから、関係ないのではありませんか？」

「これは未確認の情報ですが、『祭壇管理庁』の上層部がざわついています。私のように内部犯罪をとりしまる人間には触れられないところで、特別なことがあったのでしょう」

「特別なこと？」

「星5つ以上の天賦珠玉が『一天祭壇《ファーストアルター》』から出現したらしいのです。そしてそれは、第2聖王子クルヴシュラト様に与えられることになります」

星５つ以上の天賦珠玉⁉

星４つまでなら成功した商人や一攫千金《いっかくせんきん》を実現した冒険者が手に入れることもある。だけれど５つとなるとガクンと数が減る。５つ以上ともなればとんでもない価値になる。

「クルヴァーン聖王国が管理している星５つ以上の天賦珠玉は、７つしかありません。ひとつは【聖剣術《ホーリーソード》★★★★★】で、聖王騎士団の第１隊隊長――つまり騎士団長が代々受け継ぎます。もっとも使い手が死んでしまうと天賦珠玉は消えてしまうので、騎士団長が前線に出ることはないのですがね。名誉職とも言えます」

つまり現実問題として「使わない」ってこと？　もったいないような気もするけど……。

「【剣術★★★★★】はロズィエ公爵家が管理しています。あそこの騎士隊は剣術に凝っていますからね。ただこの天賦珠玉は騎士には与えず、当主だけが使えるとしています。【英雄指揮術★★★★★】はリス公爵家、【神秘調合★★★★★】はエベーニュ公爵家」

リスは知らないけど、エベーニュはエタン様のところだ。ハーフリングで調合系の天賦珠玉とか強すぎない？

「【竜剣術★★★★★】はルシエル公爵家。ここは『剣聖オーギュスタン』を擁する公爵家で、６大公爵家でも武闘派筆頭です」

「６大公爵家」、あるいは「６大公家」とは、聖水色《せいすいしょく》を失った公爵家ながらその他の部分で頭角を現し、今もなお公爵家を名乗っている家のことだ。

たとえばクルヴシュラト様が聖王にならずに公爵と叙せられた場合、クルヴシュラト様の子に聖水色が現れなければ、その子は奥さんの家へと属し、公爵家は1代きりだ。

だけれど聖水色を持つ子を産んでいる間は公爵家でいられるし、その間に、押しも押されもせぬ殊勲を挙げれば——戦争で大勝利するとか、大発明をするとか、いろいろ——聖水色を失っても公爵家として残る。

その結果、聖水色を失っても残った公爵家が6つあるわけだ。

「そして、【魔力強化★★★★★】はラメール公爵家に、【祈祷術《きとう》★★★★★】はモンターニュ伯爵家にあります」

「最後は伯爵家なんですね」

「はい。6大公爵家のうちリビエレ公爵家は、海運に非常に強いのですが星5つ以上の天賦珠玉《スキルオーブ》を持っていません。その点で他の公爵家に『負けている』と考えている節があり、喉から手が出るほど星5つ以上の天賦珠玉を欲しがっています」

「……もしクルヴシュラト様が亡《な》くなっていたら、星5つ以上の天賦珠玉は？」

「聖王陛下ご自身が使うか、第1聖王子、第1聖王女が使うか……」

「そのお三方はどんな天賦珠玉を？」

伯爵は人差し指を立てて左右に振った。

「当然、秘密ですよ。聖王家の極秘事項です。スペキュラ2等書記官だって聖王家の天賦珠玉を勝手に見たら、即座に処刑です」

ほんとうのほんとうにシークレットらしい。

そうなると【オーブ視】の天賦《スキル》がちょっと欲しくなってしまう。さっき【森羅万象《ワールド・ルーラー》】をつけたままで、あえてスペキュラさんの天賦を受けてみてもよかったかな？

……いや、やっぱり僕の【森羅万象】もたいがい極秘だわな。

「あるいはそのまま、第3聖王子に引き継がれるか、ですね。第3聖王子は現在10歳ですがすでに結婚相手が決まっており、それはリビエレ公爵家のお嬢様です」

「えっ」

それはもう決まりなのでは？　犯人はリビエレ公爵！

「ですが、本日リビエレ公爵と面談しましたが、公爵がウソを吐《つ》いているという決定的な場面はありませんでした」

「でも答え方を間違えなければウソを吐かずに済みますよね？」

「どういうこと、レイジ」

お嬢様が首をかしげるので、

「たとえば、リビエレ公爵が黒幕だったとしても『私は毒を盛っていません』と言えばそれはウソではないんです。実際に毒を入れたのは召使いですから」

「あ……」

「レイジさんの言うとおりです。さすが、あなたは知恵の回りが早いようだ」

伯爵、それは褒めてますよね？　「悪知恵働くね」って意味じゃないですよね？　目つきが鋭くなりましたよ？

「もちろんそこも踏まえた上での聴き取りでしたが――もとより私は、リビエレ公爵が黒幕だと言うのは無理があると思っています」

「それはなぜでしょう？」

「星5つ以上の天賦珠玉が出たかもしれないという情報は、出回っていませんから」

あ、そうか。その情報自体が極秘中の極秘かぁ……。

捜査は振り出しに戻ったな（渋い声の中年刑事風イメージ）。

そこで話は途切れた。伯爵が時計をちらりと見たので、お開きか――というところで、

「お父様」

不意にお嬢様が言った。

「なんですか、エヴァ」

「わたくし、今気がつきましたわ。ひとりの貴族として意識してみると――わたくしは今までお父様から『特別扱い』されてきたのだと。わたくしとレイジが向かった『人材斡旋《あっせん》所』の件、すべてお父様の息が掛かった組織でしたのね？」

ブホッ、と思わず僕はお茶を噴き出しそうになった。

いや、伯爵？　なんで僕をにらむんですか？

違いますよ、僕はお嬢様になにも吹き込んでませんよ！

まあ――僕も伯爵に聞こうと思っていたことではあるのだけれど。

それこそが僕自身が「奴隷商」と話した結果、考えついた「仮説」だからだ。

「お父様、今日一日わたくしは考えましたの。とても多くのことを。物事というのは往々にしてうまくいかないことがほとんどなのですわ。昨日の――聖王陛下のお考えになった『余興』は、一見うまくいきましたけれど、その後、クルヴシュラト様のソース皿から毒が発見されたことで晩餐《ばんさん》会そのものは失敗となりました」

お嬢様は父親と対等に、今までのような親と子の関係ではなく対等の貴族として会話をしようとしている。

僕は正直、驚いていた。

「わたくしは、すべての聖王国民が生きる自由を与えられるような社会を望んでいます。

ですがその一方で、国民の生活を大きく左右する天賦珠玉でも、星5つ以上という突出した価値を持つ天賦珠玉についてなにも知りませんでしたわ。調べることも、聞くこともできる立場でしたのにそれをしなかった。それに気づいたとき、別のことにも気づかされました。『人材斡旋所』を訪れ、『奴隷』と思わず口走った所長を逮捕せしめ、彼らに罰を与える——たった1度ならまだしも、6度も続けて簡単に成功するのはおかしいのだと」

「……だから、私が手配しているのだと？」

お嬢様は、「冷血卿《きょう》」とも呼ばれる父親の真剣な顔を見ても怯《ひる》まず、うなずいた。

僕もお嬢様と同じ「仮説」に至った。

「今日、レイジがいなくて……彼がこのまま いなくなったらどうしようと心がくじけそうになったとき、レイジはレイジで戦っているのではないかと思い当たりました。レイジならば、たったひとりでいるときにもその時間を無駄にしないはずですわ。ならばわたくしにできること——ひとり、考え抜いた結論が、今お話ししたことです」

一人前の貴族となる「新芽と新月の晩餐会」からたった1日。

お嬢様は、ほんとうに一人前のレディーになったのだ。

そのきっかけが僕だというのなら、なんて誇らしいことだろう。

見た目の美しさは関係ない。背筋を伸ばした彼女の姿は、話した内容とその姿勢は美しかった。

僕は仕事としてではなく、自分の本心としても、彼女を傷つけようとするヤツが現れたら全力で護《まも》ろうと決意したのだ。

★

伯爵がお嬢様を一人前扱いするようになってから――お嬢様は積極的に貴族の子女との交流を深め始め、1月《ひとつき》近い時間が経《た》とうとしていた。

エベーニュ家のお茶会を終えたお嬢様はご機嫌だった。「友誼《ゆうぎ》を結ぼう」というエタン様の提案は受け入れられていたのである。

聖王子は「危険があるから」と聖王宮に閉じこもりきりだったけれど、エタン様、ルイ少年、シャルロット様、ミラ様にお嬢様を加えた5人でこうして集まることが何度かあった。

ちなみにシャルロット様は「新芽と新月の晩餐会」が終わってすぐ、ご自身のお父上に「スィリーズ伯爵家ってどうなの？」という質問をぶつけ、極秘ながら伯爵が聖王の代わりに不正を糾《ただ》しているという真実を知って態度を一変させた。自分の間違いを認め、わざわざスィリーズ家までやってきて謝罪をしたのだ——お嬢様はもちろん許した。今ではシャルロット様、ミラ様とは日を置かず文通している仲だ。

帰り道、馬車の中でお嬢様が嬉々《きき》として僕に言う。

「聞いて、レイジ。ルイ様もわたくしの思想に共感してくださったのだわ！」

「……今なんと？」

なんだか不穏なワードが聞こえたんだけど……。

「わたくしは、ルイ様にも理想を話したのだわ。すべての国民が等しく幸福を手に入れられる社会の実現。これは、権力を持っている貴族側からしか動きを起こせない。神のお与えになる天賦珠玉を貴族が独占している問題を解決しなければならないのよ！」

「……お嬢様、その話、他のところではけっしてなさいませんよう」

「もちろんよ。貴族とは言え聖王陛下の治世を批判するようなことは厳に慎まねばならないのだわ。『聖王陛下の威光はあまねく国中を照らす』のよ」

お嬢様はわかっている……わかっているんだよね？　大丈夫だよね？　まさか「奴隷商」の次は「悪徳貴族」をぶっつぶすとか言わないよね？

「あなたを信用しているからここまで話すのよ！　ルイ様も、『剣に誓って誰にも言わない』とおっしゃったからすべてお話ししたのだわ」

「へえ……」

武人が剣に誓うということ、特に、剣術にこだわりのあるロズィエ家のルイ少年が剣に誓ったのならばかなりの覚悟ということなのだろう。……まあ、僕から見ると「恋する少年」が恋した相手にたぶらかされたようにしか見えないのだけど。

（貴族が支配する階級社会は、ある種必要悪だと思うんだけどな）

この国は多様性を受け入れている。だから種族による壁がない。

とはいえ、ひとつにまとまるためのシステムが必要で——それが強力な上下社会、貴族による統治だ。

そして強烈な象徴である聖王。

聖王が唯一無二の頂点で、とてつもない権力を持っている。大抵の命令は「聖王陛下が命じるのであれば仕方ない」となるのがこの国だ。だからこそ「聖水色《せいすいしょく》」なんていうシンボルにもこだわっているのだろう。

「祭壇管理庁を所管するロズィエ家にいるからこそ、ルイ様も天賦珠玉をもっと市井《しせい》に流してもいいとお考えのようよ」

「ロズィエ家が祭壇管理庁のトップなんですか？　伯爵の上司がルイ様のお父様か」

ルイ少年に求婚されたら伯爵は断れないいんじゃない？

いや、あの伯爵が易々《やすやす》とお嬢様を渡すわけないか。

「……レイジ。あの、ね、3日後にはわたくしは天賦珠玉《スキルオーブ》をいただくわ」

なんだかもじもじしながらお嬢様が言う。「新芽と新月の晩餐会」からおよそ1月近くが経過したということは、「天賦珠玉授与式」が間近だということだ。

「お父様がくださるのは、きっと希少性の高い、さらには『貴族』が使うにふさわしいものだと思うの」

「ええ。スィリーズ伯爵はきっとすばらしいものをご用意されていることでしょう」

「だからね」

「はい」

「レイジには……わたくしがあげるのだわ」

「……え？」

僕に、あげる？　なにを？　——まさか、天賦珠玉を？

「わたくしがあなたにふさわしい、天賦珠玉を与えるのよ！　喜びなさい！」

「…………」

あ、ああ～、そういうことか。お嬢様、僕に「プレゼント」をしたいと。

だからこんなに恥ずかしがってるのね。もじもじしてるのね。

僕は――あいにく16歳＋こっちの世界で記憶を取り戻してからさらに４年も経験しているので20歳くらいの精神年齢ではあるのだけれど、なんだかお嬢様を見てほっこりした気持ちになった。

「ありがたき幸せです、お嬢様」

「……ほんとにうれしがってる？」

耳を赤くしたお嬢様がチラ見するので、僕はにっこりと微笑《ほほえ》んだ。

「もちろんですよ、お嬢様」

「そ。期待していていいのだわ」

お嬢様は改めて僕から視線を外し、そっぽを向きながらも――うれしくてたまらないような、そんな顔だった。

この日の夜から雨が降り始めた。

「天賦珠玉授与式」まであと２日となったが、クルヴシュラト様の毒殺未遂事件については一向に進展がない。授与式のために集まっている貴族たちは当然のことながら「新芽と新月の晩餐会」から１か月もの間、聖王都に滞在を余儀なくされているので、これ以上の引き延ばしはできない。

「着いたぞ、下りよう」

「はい」

僕は僕で、スィリーズ家騎士隊長のマクシムさんとともに、授与式当日の護衛に関する打ち合わせで「第1聖区」にやってきている。

「第1聖区」は国の中枢機関が集まっている場所だ。道は広くて、キッチリと敷きつめられた石畳にはゴミひとつ落ちていない。

雨が、車輪で磨《す》り減った石畳の轍《わだち》に跳ねている。

「まったく……お前といっしょだと、他の騎士が同行したがらなくて困る」

「はあ」

それは僕のせいではないと思うのだけど。

「とはいえ、いずれはお前の力を認めざるを得ないだろう。一度認められれば仲間になるのは早い。騎士というのはそういうものだ」

「そのために手合わせをしろとかいうのは止《や》めてくださいね?」

「おお、その手が――」

「ないです。ほんと止めてください」

僕らが向かったのは白い石材で造られた3階建ての建築物、「祭壇管理庁」だった。

（みんな結構な年齢だなぁ）

若くても20代後半くらいでほとんどは40を超えている。動きやすい制服に腰には剣を吊《つ》っている。ショートロッドを持っている人もいるので魔法使いもいるようだ。

男女や人種はまちまちだった。

とはいえ僕みたいな10代はまずいない――人種によっては見た目と年齢が全然違ったりするのでなんとも言えないところはあるけどね。

「――なんと、グイネ子爵家もご観覧に？　今年は授与式の対象ではないでしょう？」

「――ええ、今年は聖王子様がいらっしゃるので、当主様が時間を都合なさって」

「――そういった貴族家が多いようですな。1月の猶予があったおかげで、国中から高貴な方々がいらっしゃる。この人出は第1聖王子様の式よりも上でしょう」

各貴族家の騎士隊長たちは、「祭壇管理庁」の1階にある大会議室へと通される。

まるで宴会でもできそうなほどに広いそこには、10を超える円卓が置かれてある。貴族位に応じた場所へとそれぞれがなんとなく座っているようで、僕はマクシムさんに連れられて、伯爵家の騎士たちが座るテーブルへとやってきた。

晩餐会《ばんさん》での毒殺未遂事件はすでにすべての貴族が知っている――むしろこのタイミングで聖王都に来ないと「なにか後ろ暗いところがあるのでは？」と疑われかねないのでこそ

ってやってきているらしい。

そして、クルヴシュラト様がもらう天賦珠玉はなにか、という話題も聞こえるが、誰も確実な情報を持っていないようだ。

漏れ聞こえた情報によると、現在の聖王は先代聖王から【即興演奏★★★】という天賦珠玉をもらったらしい。先代聖王は、「芸術に明るい聖王になって欲しい」という思いをこめてその天賦珠玉を授けたのだとか。

残念ながら今の聖王がその天賦珠玉を使っているのかと言えば、絶対に使っていないだろうけどね、あの肉体を見ればわかる。

クルヴシュラト様の兄姉である第1聖王子は【二刀剣術★★★】を、第1聖王女は【神聖魔法★★★】を授けられたとか。

ざわめきが静まっていく——「祭壇管理庁」の祭司たちが現れたのだ。

「え、皆様。お集まりくださり誠にありがとうございます。静粛にお願いします」

壇上に立った人物は巨大な白ウサギだった。

え？　いや、ウサギ系獣人……なのか？　巨大なウサギが祭祀帽《さいし》をかぶり、マントを羽織っているようにしか見えないんだけど。

肩からベルトを掛けていて、そこに道具ポーチやロッドホルダーがあった。

その彼——彼？——は、抱えていた分厚い紙束を、お付きの人（そちらはヒト種族）とともにサイドテーブルに載せると話し出した。

「わたくしめは『祭壇管理庁』特級祭司であります、エル＝グ＝ラルンでございます。え、お久しぶりでございます。え、初めましての方は初めまして」

ぺこりと頭を下げるエルさん。

（ユーチューバーの動画始めの挨拶みたい）

マクシムさんがこそっと教えてくれたところによると、祭司としては相当のベテランで、先代聖王の授与式のころにはすでに特級祭司だったという。何歳なんだよ、とみんなが思っているがそれは永遠の秘密なんだとか。

分厚い紙束から各家に1枚ずつ、明日の授与式のスケジュールと細かい決めごとが直筆で書かれた紙が配られた。印刷技術がいまいち進んでいないこの世界では【書術】なんていう、技術革新を遅らせるために作ったのかと思ってしまう天賦《スキル》も存在するのである。配られている数十枚の紙ならば、簡単に筆写してしまうのだろう。

（授与式の会場は、聖王宮に付随する「一天祭壇《ファーストアルター》」前の祭祀場か……げっ、入場できるのは授与される「当人」と、その「両親」あるいは「保護者」だけ？）

会場の警備はすべて聖王騎士団長率いる第1隊の精鋭チームで行うようだ。実際、聖王宮の警備は第1隊の管轄なので他に任せられないんだろう。

★

打ち合わせは短時間で終了した。詰まるところ当日の僕は中に入れず、外で待っているだけだからね。

屋敷に戻るとみんなざわついていた。授与式に関することだろうか——と思いながら伯爵の執務室に行くと、珍しく執事長がおらず伯爵が難しい顔をして僕を迎えた。

これは、なにかあったな。

そうは思うものの、とりあえず今日の打ち合わせに関する報告をした。

「ところでレイジさん、この目についてはどこまでご存じですか？」

伯爵は「審理の魔瞳」を一度光らせた。

「魔力を通すと特殊な力を発揮する瞳、ですよね。血筋によって親から子に受け継がれるものだと聞いています」

「そのとおりです。エヴァの魔瞳については私が話しましたね？」

「はい。『鼓舞の魔瞳』ですね」

目が合った者の戦闘意欲をかき立てるようなものだったはず。実際に使ったところを見たことはないのでどれほど効果があるのかは【森羅万象《ワールド・ルーラー》】でもわからない。

だけどお嬢様なら、そんな魔瞳を使わなくとも男どもの戦闘意欲をかき立てることくらい朝飯前な気がするね……あと数年経《た》って美人に成長したらさ。

「その魔瞳が、先ほど発動しました」

「発動？　前からできたのではないのですか」

「できることはできましたが、効果は微弱で、さらには魔力を大きく消耗するものだったんです。というのも、さる高名な封印術師に依頼して魔瞳を封印しておりましたから」

どういうことだろう、初耳だ。【森羅万象】ならばその封印くらいわかりそうなものだけれど——僕は何度もお嬢様の目を見てきたわけだし。

いや、ひょっとしたら目には封印の術式を掛けていないのかもしれない。体内の魔力供給部分とかだったら、かなり慎重に見なければ【森羅万象】だってわからないだろう。

「……エヴァの母親については話したことがありませんでしたね」

伯爵が重苦しい口調で言う。

聞きたくないな……と思った。このタイミングでお嬢様の母親の話なんて。

でも、きっとそれは必要なことなのだろう。伯爵はムダを最も嫌うから。僕が、今このタイミングで、お嬢様の母親の話を聞かなければならないと伯爵は判断したのだ。

「エヴァの魔力量は一般的なヒト種族と比べると極めて多いのです」

「えっ」

冒険者ギルドにいる歴戦の魔法使いとか、聖王騎士団のベテラン魔法使いたちは、漏れ出すほどの魔力を持っていて、それは【森羅万象】ではっきりと感じ取れる。

でもお嬢様にそんな気配はなかったはずだけど……。

「生まれて間もないエヴァの魔瞳を起動させるには十分な魔力でした。制御できない魔力で魔瞳を使った結果——彼女は最も近くにいた人間の、戦闘意欲をかき立ててしまった」

まさか——それは。

推測を口にしたくはなかった。この話の先にある、苦い結末につながることはわかりきっていたからだ。だけれど言わなければ話は進まない。

「……お母様、ですか」

伯爵はうなずいた。今までに「報告会」で何度も伯爵とはふたりきりで話をしたことがあった——何度も伯爵がうなずく姿を見てきた。だけれど今日のそれは、見たことがないほどに疲れ切っていて、やりきれない怒りをたたえていて、そして悲しげだった。

「アデールは……妻は、『鼓舞の魔瞳』によって意識を失うほどに混乱し、診察に来た医師に殴りかかったのです。その際、赤ん坊だったエヴァを放り出してしまった。幸い医師は軽傷でしたが、エヴァは腕の骨を折ったのです」

「それは……不幸な事故でしたね」

「そう。事故です。誰が悪いわけでもありません。私のように魔瞳を持つ者は魔瞳からの影響を受けませんし、エヴァは魔力を使い切ったせいで気絶するように眠っていました。……ですが、妻は我に返ると取り乱しました」

伯爵は一度言葉を切り、過去を思い起こすように目を眇《すが》めた。

「妻は立派な女性でした。ですから自分自身を許せず、屋敷を出て行ったのです。……私は何度も屋敷に戻ってくるよう呼びかけました。しかし封印術によってエヴァの魔瞳が安定したと言っても、戻ってくることはありませんでした」

伯爵が力なく首を横に振ったので、僕は理解した。

もう、彼女はこの世にいないのだと。

「……実家へと帰った妻は産後であったこともあり大きく体調を崩したようです。それから3年後に、亡《な》くなりました――。彼女は最後の最後までエヴァにしてしまった仕打ちを悔やんでいたようです。……彼女が体調を崩したことも、彼女の後悔も、私が知ったのは彼女の死後でした。こんなことになるとわかっていたら、この家に連れ戻し、国いちばんの医者に診せるべきでした。私は自分が伯爵家だからと、周囲の目を気にして妻の実家へ行かなかったのです」

「周囲の目……ということは、奥様は家格が下の貴族家だったのですか？」

「いいえ。平民ですよ。私が行けば彼女は素直に来てくれたかもしれない……私が行くのを待っていたのかもしれない。行けば良かったと、私は何度も……数え切れないほど、悔やみました」

純粋な驚きが、僕を襲った。伯爵ほど完璧に貴族社会を渡り歩ける人が、平民の奥さんを持っていただなんて。

「……エヴァには、アデールの身分のことを話したことは一度もありませんでした。だからエヴァが『平民も貴族も平等な社会』なんて言い出したときには息が止まるかと思いましたよ。そんな社会だったなら、身分を気にせず妻を連れ戻しに行き、彼女を救えたんじゃないか――と責められた気がしましてね」

伯爵は笑った――こんなに寂しい笑顔を僕は見たことがなかった。

雨が窓を打っている。

重い沈黙があった。

でも、それに引きずられるわけにはいかない。

「……この話、お嬢様はご存じなのですか？」

伯爵はゆっくりと首を左右に振った。

ホッとした。それでいいと僕も思う。知ったところで無意味な罪悪感を植えつけるだけになってしまうだろうから。

「今のお嬢様はどんなご様子ですか」

「魔瞳が発動した結果、私の親族があてられてしまいましてね。エヴァにプレゼントするドレスの色で揉《も》めていたところで、そばにいたメイド長に殴りかかったそうです」

「メイド長に⁉　だ、大丈夫だったんですか？」

「むろんです。メイド長はあれでも護身術の心得がありますからね。——ですがエヴァは魔力を使い果たし、豹変《ひょうへん》した親族に驚いたこともあって寝込んでしまいました」

最悪の事態の中でもマシな部類の着地をしたらしい。

「封印はいずれ解けるときが来ると当時の術師は言っていましたが、まさかこのタイミングとは……。封印の技能者は非常に少なく、1日2日で探すことはできません」

伯爵はテーブルの上に小さな革袋を置いた。こんもりとした球状のフォルムに、僕は見覚えが——い、いや、とてもあった。

「明後日《あさって》の天賦珠玉《スキルオーブ》授与式で、これを贈るつもりでした」

中から出てきたのは青色の光をたたえた天賦珠玉だった。その光は強く、雨で薄暗いこともあって室内を明るく照らし出す。

そこに見える文字は【魔力操作★★★★】というもの。

「これさえあれば、封印が解けても問題はないはずだったのです」

そうか。ちゃんと対応策はあったんだな……天賦珠玉で済むのなら伯爵の財力なら難しくないだろうし。星4つの【魔力操作】はかなりレアだとは思うけど。

そのとき僕は、ハッとする。

「……『新芽と新月の晩餐会《ばんさん》』の翌日に授与式が行われていれば封印のことなんて気にする必要はなかったんですね。だとしたら……僕のせいです。僕がクルヴシュラト様の毒皿を見抜いたから……」

「レイジさん、あなたはクルヴシュラト様の命を救ったのです。誰も責めたりはしませんよ。今日のことだって特にケガ人が出たわけではありません」

「しかし……」

「それでも気にしてしまうのでしたら、頼みがあります」

伯爵はにこりと微笑《ほほえ》んだ——うわあ、いい笑顔だ。ウソ笑顔。

「授与式まで天賦珠玉を与えることは許されません。ですが、このままエヴァを放置することはできないので、彼女の魔力を限界まで抜き出す魔道具を使います」

伯爵が机に置いたのは、銀色の地に、緑色の宝石が5つ埋め込まれたブレスレットだった。

「魔力を吸収し、吸収すると緑色が青色に変わっていきます。かなりの容量があるので明日明後日ならば問題なく溜《た》めておけるでしょう……が、問題はエヴァ本人です。魔力が欠乏するのは肉体的にキツイですからね。ただでさえ緊張を強いられる授与式ですから、レイジさんには彼女のそばにいてやって欲しいのです」

「それはもう、言われなくとも」

僕が即答すると、伯爵は首を横に振った。

「あなたが思っている以上に、エヴァはあなたを頼りにしているのですよ」

スイリーズ家の主治医によると「ぐっすり眠っていらっしゃる」ということなので、僕はお嬢様の寝室のベッドサイドまでやってきた。

暗い室内で枕元の小さな魔導ランプが優しい光を投げていた。

僕はイスに座って、眠っているお嬢様と向き合った。

（まさかこんな形で、お嬢様のお母様について知ることになるとは思わなかったな）

もしも過去を知ったら、お嬢様は胸を痛めるだろう。自分の魔瞳が実の母を殺したとすら考えるかもしれない。

（僕が寄り添うことでお嬢様の力になれるのなら、僕は喜んで力を貸そう）

僕の手には伯爵から渡された魔道具——無骨なブレスレットがあった。【森羅万象】を通して見ると、手首に接する面に多くの魔術式が書き込まれている。

「……ん、ここは……」

お嬢様の口が動いて、小さな声が聞こえると——部屋の隅にいたふたりのメイドさんがハッとして動こうとする。

「ちょっと待ってください」

彼女たちを僕は手で制しつつ、魔道具を見せる。

「……レイジ？」

「眠りに落ちる前、なにがあったか覚えていますか？」

「…………」

しばらくの沈黙の後、お嬢様はうなずいた。

「あれがお嬢様の魔瞳です。今は魔力が足りていないので発動はしませんが、発動を抑えるためにこの魔道具をつけていただきたいのです」

「……そのブレスレットを？　レイジがわたくしにくれるの？」

「僕ではなく伯爵からの贈り物です。僕が贈るならもっと安いものになりますし、デザインももっとかわいいものにします」

「……ふふ、いつかレイジからプレゼントされてみたいものだわ」

「お嬢様におねだりされてはかないませんね。考えておきましょう」

「…………」

「……お嬢様、どうしました？」

「レイジがやけに優しいのだわ……」

ちくり、とその言葉が僕の胸に刺さった。僕がいない間に起きたこととはいえ、その場にいなかったことへの後悔がないと言えばウソになる。

「お嬢様……お手を」

僕はお嬢様の左手に魔道具をつけた——すると、お嬢様が顔をしかめる。

「気持ち悪いですか？」

「ええ、少し……でもこれくらいなら大丈夫——」

僕はお嬢様の手からブレスレットを取り外し、メイドさんたちに声を掛ける。

「どなたか裁縫に使う針を持ってきてください」

ややあってメイドさんが持ってきてくれた針は、10センチ強の長い針だった。僕は魔導ランプの下にブレスレットを置き、その裏面をじっと見つめる。

（頼むぞ、【森羅万象《ワールド・ルーラー》】に【手先が器用】）

針を裏面に当てると、力を込めてギイイとひっかいた。

「レイジ!?　それは魔道具なのだわ！　そんなことをしたら壊れて――」

「問題ありません。ほんのちょっとの修正ですから――はい、終わりました」

お嬢様に残す魔力量を増やす調整は、難しくはなかった。お嬢様は恐る恐るといったふうに左手を差し出し、僕はそこにブレスレットをつける。

「……どうですか？」

「さっきよりもずっと楽なのだわ！」

嬉々《きき》としてお嬢様が声を上げた。

それはとても喜ばしいのだけれど、僕には魔道具の術式が、お嬢様を縛る鎖のように見えて仕方がなかった。

★　天賦珠玉授与式前日：ロズィエ家邸宅　★

恋する少年の心は浮き立っていた——それも無理はない。恋する相手と明日また会えるからだ。

「ご機嫌ですね、ルイ様は」

ロズィエ家の邸宅は6大公爵家の中でもダントツに大きかった。ロズィエ公爵領は聖王都クルヴァーニュと隣接しており、ロズィエ家の人間が気軽に往復するために、邸宅が大きい方がなにかと都合がよかったからだ。

そんな邸宅ではあったけれど招かれる貴族といってもごく一握りで、ロズィエ家主催のお茶会は邸宅とは別棟で行われるほどだ。

邸宅内にいるのはロズィエ本家の人間はもちろん、深い縁故のある人物——聖王騎士団第2隊隊長のアルテュールがそうだった。

「おっ、わかるか？　アルテュール」

ルイは本家で、アルテュールは分家なので、相手がいくら年上でいくら聖王騎士団の隊長であろうと、ルイのほうが立場は上だった。

「当てましょうか？　エヴァ嬢のことをお考えなのでしょう」

「——ッ!?　そ、そんなにわかりやすかったか、俺？」

やれやれとばかりにアルテュールが両手を上げる。

「そりゃもう……ルイ様が望めば、スィリーズ伯爵も文句は言わないでしょう」

「…………」

「ルイ様？」

窓の外と同じ、雨雲のように少年の表情は暗くなった。

「エヴァ嬢は、俺よりもずっと頭がいい」

「ルイ様も勉強なされればよろしいでしょう。あなたには才能がある」

しかしルイの頭にあるのは、晩餐会の聖王の言葉だった。

――今日はお前の妃候補《きさき》を探す場でもあるとあらかじめ言っておいただろう？

いくら6大公爵家であっても、聖王子にはかなわない。

あの日以来、クルヴシュラトは聖王宮から出ることを許されておらず、エヴァとは会っていない――その間に自分と彼女との仲を進展させたかった。

「大体な、アルテュール。お前が悪いんだぞ。なにが『意中の女性には強気で行け』だ。最初の印象は最悪だったと暗にエヴァ嬢に言われたじゃないか」

「それはさすがに相手を見てくださいよ。スィリーズ家ですよ。『冷血卿《きょう》』のお嬢様にそんな強気で行くなんて思いもしませんでしたよ。あれがエヴァ嬢ではなくシャルロット嬢相手だったら、今ごろ結婚式の日取りを話し合ってるところですよ」

「……そんなにスィリーズ伯爵は怖いのか？」

「話は聞いているでしょう？　彼が処刑台に送り込んだ貴族の数は歴代最多でしょうね」

「…………」

「喜んでいるのは予算庁の役人だけです。貴族に払う俸給が大幅に減りましたからね。『冷血卿』からにらまれていないのは辺境伯以上――ロズィエ家も含む貴族家だけです」

するとルイは首をかしげた。

「どうしてウチは問題ないんだよ」

「それはまあ……伯爵の力では、調査できる範囲が限られているからですよ」

「……貴族位によって不正が免《まぬか》れている可能性があるというのは、公平じゃないだろ」

ほう、とアルテュールの片眉が上がる。

「それはエヴァ嬢の受け売りで？」

「ち、違う。俺が考えたことだっつーの」

ふむ、とアルテュールが今度は唸《うな》る――うちのお坊ちゃまはだいぶ目の付け所が貴族らしくなってきたな、と。

「ルイ様、あなた様が力を持てば多くのことが解決できます」

「……俺が？」

「はい。ルイ様は公爵家の嫡男。あなた様であれば多くの改革をなせるでしょう。力というのは権力だけではありません。文官を従えるには知恵と立場が必要ですが、これはあなた様が文官のトップに就けば問題ない。一方で武官は、上官がいくら偉くとも上官自身に武力がなければ従いません。ルイ様、剣の稽古をしていますか？」

「うっ、さ、最近は少し……やってなかったけどよ」

「それはいけません。今日はあいにくの雨ですが、晴れたら私が稽古をつけましょう。剣の腕が立つと評判になれば武官からの見る目も変わります」

「なるほど……武力か」

「それは、エヴァ嬢にはできず、ルイ様にしかできないことです。剣を大事になさってください。ここは『剣のロズィエ家』なのですから」

「わかったぜ、アルテュール」

ぎゅう、と拳を握りしめるルイを見て、うんうんとアルテュールはうなずいた——ところへ、部屋のドアが開いた。

「——アルテュール、ここにいたのか」

「これは、ロズィエ公爵」

ソファに座っていたアルテュールは、ドアが開いて公爵が入ってくると大急ぎで起立して服の裾を伸ばした。

気の強そうなルイに似た容貌の公爵は、でっぷりとしてはいるが肥満というほどではなく、年相応の肥え方をしていた。

オールバックにした髪には白髪が交じっており、まだ40代後半ながら貫禄《かんろく》が出ている。

（……ん？　だいぶ顔色が悪いな）

すぐにアルテュールが気がつくほどに公爵の顔は青ざめている。

「ルイ。アルテュールを借りるぞ。明日の授与式の警備について話がある」

公爵に手招きされ、アルテュールは廊下へと出る。

おかしい、とすぐに感じた。

（明日の警備は騎士団長の第１隊の管轄だ。私が出る幕などないのだが……）

おかしいときにおかしいとすぐに感じ取れるからこそ、アルテュールは第２隊隊長にまで上り詰めることができたのだ。

（もしや「一天祭壇《ファーストアルター》」に、なにかあったか？）

クルヴァーン聖王国の中枢にして、土台。聖王家と同じく――いや、場合によっては聖王家以上に――絶対不可侵の存在。

それが「一天祭壇」だ。

（ロズィエ公爵は「祭壇管理庁」の長官。公爵が取り乱すとしたら、それくらいしかないだろう……）

★　天賦珠玉《スキルオーブ》授与式前日：聖王宮　★

「──こんなことがあってたまるかッ‼」

大音声《だいおんじょう》は、美しい青色に染められた窓ガラスを震わせた。

天然石を切り出して、磨きに磨き込んだテーブルはどっしりとした重厚感と、素朴な高級感を兼ね備えていた。だがそこに載せられてあったのは真新しい植物紙数枚の報告書と、羊皮紙による古めかしい書物、それに木簡による巻物が数点だ。

聖王が手を振ると、報告書が宙に舞った。ついでに吹っ飛んだ分厚い書物はテーブルを滑って端から飛びだしていったのだが──祭祀《さいし》服を着た神官が悲鳴を上げながら飛びついてキャッチし、事なきを得た。

「え、聖王陛下。この書物は極めて貴重なものでございますゆえ、乱暴には……」

「うるせえ、ウサ公がッ！　てめえはここの祭司だろッ、なんとかしろ！」

「え、ですから、特級祭司として申し上げておりますとおり、かの『天賦珠玉』の解析はすでに完了しており――」

「聞きたくねえ！」

聖王はイスに座ったまま、頭を抱えて震え出した。大の大人が――それも一国のトップがこれほどまでに無防備に、感情的に振る舞っているとは国民の誰も思わないだろう。

聖王宮は、聖王が住む場所として建てられているのだが、一方で「一天祭壇」を祀《まつ》るための場所でもあり、護持するための場所でもある。そのために宮殿全体が、神殿のような造りになっている。

エルは――感情をうかがわせない巨大なウサギは、震える聖王へと近寄るとその腕にそっと触れた。体温を感じたのか聖王が涙に濡《ぬ》れた目をエルへと向ける。

「……あの天賦珠玉が、今代の聖王陛下の治世時に出現したというのは、え、僭越《せんえつ》ながら『運命』ではないかと存じます。え、この難局を乗り越えしとき、先代、先々代の聖王陛下が呼ばれなかった『英雄』の文字が、あなた様の名に冠されることでしょう」

「エル……」

聖王は力なく、その手を押しのけた。

「……俺は聖王としてやらなければならねえんだな……？」

「え、そのとおりでございます」

聖王は力なく、目元をぬぐった。

「……俺は人でなしのクソ野郎だな……？」

「え、誰もそのようには思いますまい。国民のひとりに至るまで、誰も」

聖王は力なく、首を横に振った。

「……俺は、英雄になんざなりたくねえんだよ……」

それにはエルも、答えなかった。

「1月《ひとつき》前は……ただの浮かれた父親だったってのによ」

沈黙が続いた。エルも、ついてきている数人の祭司もじっと息を殺していた。

「──エル」

聖王が立ち上がった──なにかを、情念を、振り払うように。

「今から明日の式場に向かう。最終確認だ。付き合え」

例年にない厳重な警戒態勢と、例年にない多くの貴族が集まった聖王都クルヴァーニュ。

雨は夜半に降り止《や》んだ。

そして、天賦珠玉授与式の当日がやってくる。

★

授与式の当日はウソのように快晴だ。

昨日一日、お嬢様はお屋敷に籠もっていた。ブレスレットをつけていても健康そうに振る舞うお嬢様を見て伯爵は瞳を細めたが——僕にはなにも言わなかった。

「こんなに朝早くから、もう始まってるんですね」

日の出の1時間前に起こされた僕はあくびをかみ殺していた。

「クルヴァーン聖王国は聖王陛下主催の神事が多く執り行われます。神事はとにかく時間が掛かるものです。これからはお嬢様も参加されることになるので、レイジさんも慣れてもらわなければなりませんよ」

メイド長が言った。

「新芽と新月の晩餐会《ばんさん》」のようなイベントと、今回の授与式のような神事はまったく種類が異なるもののようだ。天賦珠玉は神からの贈り物であり、人民を代表して聖王が受け取る。聖王はそれを人民に配布する——その人民を代表しているのが貴族だ。

クルヴァーン聖王国の建国は1千年以上さかのぼる。建国からの風習だということで、今の世の中には合わないような古式ゆかしい儀式が残っている。

「おはようございます、お嬢様――」

挨拶しようとして、僕は一瞬言葉を失った。

お嬢様が着ている服は、目にも鮮やかな淡い黄緑――若芽色をしていた。

大きな一枚布を合わせただけのシンプルな服に見える。そう、ギリシャ神話の彫刻なんかが着ているキトンだ。ただしっかりした布の質感と、腰に巻いている茶色い革紐《かわひも》の光沢は、「ああ、すごくお金掛かってるんだろうな……」と相変わらず思わせてくれる。

だけれど、そんな服装も、着ている人あればこそだ。

朝早くから身を清めていたお嬢様の振りまく清浄な気配は、僕の前世の知識も相まって、神話の世界からそっと抜け出てきた神の一柱のようにも見えた。

「着慣れないのだわ」

眉根を寄せてそっとつぶやくお嬢様に、ようやく僕はのろのろと口を開き、

「……よくお似合いですよ」

「ほんとうはアクセサリを身につけてはいけないらしいのだけれど、腕の魔道具についてだけは特別に許可を得たんですって」

飾り気のないスタイルもまた、伝統なのだろう。「飾り気がないからこそ、どのような

布地、染め方をするのかが腕の見せ所なんですよ」とメイド長の鼻息は荒い。

その後、髪を結い上げられたお嬢様は、ほっそりとしたうなじを見せ――まさに少女から大人へ少しずつ階段を上っているその瞬間をまざまざと見せつけた。

午前8時――僕らは馬車に乗ってお屋敷を出て、「第1聖区」から聖王宮を目指した。

聖王宮の中までは、僕はついていけない。

お嬢様を乗せた馬車が城門を通っていくのを僕は見送った。昨晩までの雨で濡れた石畳には、ところどころ水が溜《た》まっていたが昼までには乾くだろう。

（お嬢様、大丈夫かな……魔力を吸われて、体調は悪いだろうに）

不安は不安だけれど、聖王宮には伯爵もいるから僕はおとなしく待つしかない。

第1聖区と聖王宮を隔てる城壁は、他のどの城壁よりも低かった。高さは3メートルほどしかないだろう。

城門がくすんだ金色なのも、他の門とは明らかに違った。

城門は馬車が1台ギリギリ通れる程度で、1台馬車が入ると、向こうから1台が出てくるような形だ。今日の授与式に参加する貴族が多すぎて渋滞を起こしていた。

「俺は降りて歩いていく。いちいち待ってるか」

「んもー、お父様、強引よ！」

渋滞を待ちきれず、後方で馬車を降りた人物があった。

貴族特有のきらびやかな服は着ているものの、中の人物は貴族らしからぬ風体だった。たてがみのような髪は赤く、長く、後ろに垂れている。信じられないくらい分厚い胸板の持ち主で、軽自動車くらい持ち上げそうな筋肉が衣服の向こうに感じられる。日焼けした顔に、わしゃわしゃの眉毛の下、獣のように鋭い眼光。頬にはバッテンの傷痕があった。どう見ても尋常な人生を送ってきていない御人である。

その人は、僕に視線を止めた。

「――ほう、あのときの小僧か」

いえ、当方はあなた様のように凶悪なお顔は存じ上げませんが……。

「お父様、ったら、も～！」

その後に降りてきた人物は、誰あろう、ミラ様だった。

ということは……この人はミュール辺境伯か。納得の面構《つらがま》えです。とか思いつつ、僕は慇懃《いんぎん》に頭《こうべ》を垂れて歩道を横にずれた。

こういう人相の御方《おかた》と関わらないほうがいいのは日本も聖王国も同じである。

のしのしという足音が近づいてくるが、ミラ様が「お父様、歩いてるのなんて私たちだけじゃない～。恥ずかしい……」と言っているが辺境伯はすべて無視している。強い。

デカイ靴と丸太のような太ももが僕の前で止まった。

「小僧、スィリーズ家の護衛だな？」

「……はっ」

「顔を見せてくれ」

言われて僕は顔を上げた。

おお、ミラ様は薄紅色の服だ。様式はお嬢様と同じだなぁ……素朴で可愛《かわい》らしい。

と、意図的に辺境伯からは視線をはずす。

「どうだ。辺境伯領に来る気はねえか？」

「……と、おっしゃいますと」

「聖王都など退屈だろう。我が領地は面白いぞ。腕利《うでき》きも多いし、モンスターも凶暴だ。戦争だって起きるかもしれん。腕試しには絶好の場所だ」

えーっと。

これはスカウトされてるんですよね……？　まったく食指が動かないのですが……？

「申し訳ありませんが、自分には荷が重いようです」

「そうか？　まあ、ここに残るのもそれはそれで構わぬだろう……今日は血が騒ぐ」

ひたすら物騒なことしか言わないな、この人は。

「あ、エヴァ様の護衛さん〜、おはようございます〜！」

「おはようございます、ミラ様。本日のお召し物も、とてもよくお似合いですね」

ミラ様は最初こそお嬢様相手にテンパっていたけれど、手紙の交換を始め、何度か会ううちにかなり気安い間柄になったようで、こうして僕にも気軽に接してくださる。

「うふふ……これ、お母様が授与式に着たときのものらしいんですよ〜」

「それはそれは。きっとお母上もお喜びでしょう」

「はい〜！　今は療養でお屋敷にいるけど、すごくウキウキでこれを出してくれたの〜」

「――ミラ、行くぞ」

「あ、お父様、待って〜！　んも〜、自分勝手なんだから〜。それじゃ〜！」

小さく手を振ってミラ様は辺境伯について行かれた。

血が騒ぐ、ね。言われなくても警戒はしてるけど。

ゼリィさんからの連絡だと、街に変化はないみたいだから、きっと何かあるとしたら第3聖区より内側……貴族たちの動向だ。

クルヴシュラト様の毒殺未遂犯の黒幕もわからない今、警戒するに越したことはない。

貴族の馬車と、護衛の騎馬とでごった返す第1聖区を眺めながら僕はそう思った。

★　エヴァ＝スイリーズ　★

聖王宮に入るのは初めてだった。第1聖区までとは明らかに違うその雰囲気にエヴァは圧倒されていた。建物の数は極限まで少なく、ひとつひとつの間には緑がこんもりと茂っている。まるで森に迷い込んだかのような感覚さえあった。

湧き水を流している小川があちこちにあり、それを越えるための仰々しいまでにしっかりとした石橋を渡っていく。

今日、天賦珠玉《スキルオーブ》を授与される12歳の子女が集められる控え室は、木々の間を縫って進んだ先の四阿《あずまや》だった。

「エヴァ嬢！」

聖王宮に勤める神官に連れられてやってきたエヴァに気がついたのはルイだ。彼もエヴァと似たり寄ったりの服装ではあったが、使われている布地が明るい黄色であることと、腰には宝剣が吊《つ》ってあることが違う。男子は宝剣を持ち込むことが許されている。

四阿とは言ってもそこそこに広く、長椅子がいくつも置かれ、知り合い同士らしい少年少女が集まって会話をしていた。

「ルイ様、おはようございますわ」

「おはよう。――そ、その、お前はなにを着ても似合うな」

「ありがとうございます」

エヴァは優雅に一礼した。

「そのブレスレットは……？　装飾品っていうには、ちょっとイマイチじゃないか」

ブレスレットの宝石は、5つある緑色の宝石のうち、2つが青くなっていた。あと3つぶんの吸収余力がある。

「特別に許可を得て、つけさせていただいている魔道具でございます。ところで――」

視線を巡らすとエタンやシャルロットはすでに来ていたが、彼らが相手をしていたのは聖王子クルヴシュラトだった。

「ルイ様、わたくし、クルヴシュラト様にご挨拶を……」

「なあ、ちょっと話そうぜ」

いつになく強めの口調に――初対面のときの強引さをエヴァは思い出す。

（こんなときにレイジがいればきっと、間に割って入ってくれたのだろうけど）

あいにく彼はいないし、自分は体調がさほどよくない。

「エヴァ嬢、俺は聖王騎士団のアルテュール隊長の指導の下、剣の稽古を始めることになったんだ。俺はきっと強くなるぜ」

「……さようですか」

「貴族には勉強も必要だが、一方で武力も必要だ。貴族本人が剣を振れなければ強い武人などついてこないしな。現に、聖王陛下は槍《やり》の達人だそうな」

エヴァにはあまり響かない言葉だった。そもそも貴族の当主が強くなければいけないとはエヴァは考えておらず、父のスィリーズ伯爵もそれほど強くはない。

「俺は強くなる。だからお前はもっと勉強をがんばれ」

「……はい、それはがんばっておりますが」

「お前に足りない武力は、俺が補えばいいじゃないか。そうだろ？」

「？」

疑問符を浮かべて首をかしげるエヴァだったが、それもそのはずで、ルイは自分の中で勝手に完結している理論を勝手に話しているだけなのだ。

相手が全然話についてきていないというのにルイは、

（首をかしげているエヴァもまた美しいな……）

などと思っている。

「ん？　……エヴァ嬢、なんか顔色が悪いぞ」

そこで初めてルイは、エヴァの顔色に思いやる余裕ができたようだ。ふたりは壁際《かべぎわ》のイスに腰を下ろした。

「……少し体調が優れませんで」

「なんだよ、そういうことは早く言ってくれよ。どれ」

ルイは腰の革紐で吊っていた宝剣を、鞘《さや》ごと取り外してエヴァに差し出した。「新芽と新月の晩餐会《ばんさんかい》」と同様、少年たちは宝剣を持つことを許されている。

「これを持っているといい。多くの魔術を施した剣なんだけどさ、俺もこれを持っているとあまり疲れないんだ」

「このような大切なものを――」

「お、お前なら持っていてくれても構わないし」

半ば押しつけるように手渡された宝剣は、エヴァの両手を――冷え切っていた両手をじんわりと温めてくれた。確かにこれは心地よい感覚がある。

きっと相当な値打ちものだ。こんなものを持たされては困るというのが正直なところではあったのだけれど、

（温かくて、なんだか眠く……）

背中が壁についていたのでエヴァは眠気に襲われた。ちょうどそこへやってきたミラが、

ルイに話しかけたので誰もエヴァを気にしなかったこともある。

「……エヴァ様〜？」

「しっ、体調が優れないんだってよ。少し休ませてやろう」

気がつけばうつらうつらしていたエヴァを、ふたりはそっとしておいた。ルイもミラも、心根は優しかった。

夢を見た——。

温かな湯に浸《つ》かっているような夢だ。

——お嬢様、今日のご予定ですが……。

レイジが予定を読み上げる。それはこの1年間続いていた毎日のこと。

（ああ……レイジが護衛で、よかったのだわ）

きっとこれからも彼は自分の護衛でいてくれる。いて欲しい。父にもお願いして絶対にそうしてもらおう——レイジは絶対に自分を裏切らないから。自分をいちばんに考えてくれる人だから。

（わたくしがもし他の貴族と結婚しても、護衛はレイジのまま……婚姻関係は終わることがあるけれど、主人と護衛なら……）

執事長やマクシムが何代にもわたってスィリーズ家に仕えてくれるように。

(……わたくしはレイジと、ずっといっしょにいられるもの)

もう、彼のいない生活は考えられないと思った。彼の存在を強く意識したのは、「新芽と新月の晩餐会」の翌日、彼が日中、屋敷を空けたとき。エヴァは父のことについて「考え抜いた」という話をしたが、それと同じくらい、レイジのことを考えていたのだ——そう、彼とずっといっしょにいるためには、どうしたらいいのかということを——。


ちりーん……ちりーん……。


ふと、鈴の音が聞こえてエヴァは目を覚ました。

なんだか温かく、ぽかぽかした夢を見たような気がしたが内容は覚えていなかった。

「——ウサギだ」

「——ほんとだ、ウサギがいる」

「——おい、あれは特級祭司のエル様だぞ」

四阿の少年少女がざわついていた。確かに現れたのは見た目はウサギながら、今日は空色の——聖水色《せいすいしょく》のマントを羽織ったエルだ。多くの祭司を引き連れて歩いてきた。

「え、皆様。お待たせいたしました。これから授与式の会場にご案内しますが、お履きものはこちらですべて脱いでいただきますよう、え、なにとぞよろしくお願いいたします」

靴を脱げ、と言ったエル本人はもちろん裸足《はだし》で――そもそもウサギではあるのだが――エルが引き連れている祭司たちも全員裸足だった。

貴族の子どもたちは難色を示したが、真っ先にクルヴシュラトが靴を脱ぐと、次々と脱ぎ始めた。

「え、こちらの冠を頭にお載せください。魔除《まよ》けの青柊《ひいらぎ》の葉でございます」

エルのマントによく似た空色の葉――自然界にこんな色の葉があることを、多くの子どもたちは知らなかった。その茎を編んだ葉の冠をかぶせてもらう。

「あ、エヴァ様～。お目覚めですか～?」

ミラがにこやかに聞いてくる。

「なんでも靴を脱がなきゃいけないみたいです～。私、もう脱いじゃいました」

ミラに促されるまま靴を脱ぎ、ほっそりとした足を地面につけると、ひんやりとした感触が伝わってきた。向こうでは森を歩き出した少年少女たちの「ひゃあ」だの「痛い」だのいう声がにぎやかに聞こえてくる。

「大丈夫かよ、エヴァ嬢」

「先ほどよりずっとよくなりました――ありがとうございます。こちら、お返しします」

エヴァは宝剣をルイに返すとしっかりした歩調で歩き出した。

「そっか、それならよかったけど――って俺を置いていくなよ⁉」

さっさと進んでしまうミラとエヴァを追いかけるルイだったが、

――パキッ。

小さな音が鳴ったことに、気がついた。

硬質なものが割れるような音だった。

「……あん？　気のせいか？」

ルイは知らなかった――宝剣に掛けられている武具魔術のすべてを。

そのなかに、「魔力回復」という、魔術が込められていたことを。

彼が立ち去ったその足元に、青色の宝石の欠片《かけら》が転がっていた。


屋根のない巨大な神殿だった――森の小径《こみち》を抜けた先は。

ウサギに連れられた少年少女のひとかたまりの中に、エヴァもいた。目の前には5段ほどの階段があり、20メートルほどの間隔で石柱が奥へと並んで立っている。石柱が支えるべき屋根はなく、そこには広く青い空が広がっていた。

足元は、土から石の感触へと変わる。巨大な岩を切って造った、ひとつひとつが大きな石畳が続いている。石柱と石柱の間には初代聖王から始まる代々の聖王の石像があった。ぱらぱらぱらと小さな拍手が聞こえる。石柱の向こう、イスが用意されてあり、貴族たちが並んで座っているのだ。少年少女たちの親もそこにいるが、彼らはふだんどおりの貴族らしい格好だった。

（なんだか現実感がないのだわ――）

つるりとした足元が映すのは青色の空だ。まるで自分が空中を歩いているかのようにさえ感じられる。

進む先はまた階段があり、階段の踊り場には聖王が座るイスがあった。

そして見上げたいちばん上にあったのは――灰色にくすんだ、祭壇。

（あれが「一天祭壇《ファーストアルター》」……！）

なんの変哲もないただの石の台にしか見えなかった。だがその周囲は魔術を込めたらしい宝石をはめ込んだロッドが等間隔に床に突き立っていて、煙のような青色の魔力が祭壇を囲んでいる。チカッ、と小さな光が祭壇に点《とも》るのが時折見える。それこそがまさに天賦珠玉《スキルオーブ》が生まれる光なのだが、下から見上げるエヴァにはわからない。

「え、皆様、ここで止まってください」

エルに言われ、エヴァたちは立ち止まった。

エルや神官たちが一礼して去っていくと――聖王に見下ろされ、多くの貴族に注視され、全員が居心地悪そうにした。

「成人となった臣民に、神から天賦珠玉を贈られる日は『晴れる』と決まっている」

イスから立ち上がった聖王は、エルと同じ聖水色のマントを羽織り、身長ほどもある金色の錫杖《しゃくじょう》を手に持っていた。

「古式に則《のっと》り、そなたらに神の祝福を与える」

シャラン、と錫杖が振られる。

「まず、天賦珠玉を受け入れる余地のある『無垢《むく》の者』かどうかを確認する」

エヴァは足元がほんのり光を放ったのに気がついた――すると、

「えっ、えっ、なにこれ⁉」

獣人の少女の足元が、血塗られたように赤くなった。小さな叫び声とともに周囲の子どもたちが距離を置くと、神官たちがすぐさま駆《か》け寄り少女を拘束し、悲鳴を上げる少女を連れ出していく。

「――せ、聖王陛下！　娘は、生まれて間もないころに重い病気に罹《かか》り、その際、【免疫強化】の天賦《スキル》を一時的に与えただけです！　治ったらすぐに取り外しました！」

声を上げたのは娘の父だろう。母親とともに顔を青ざめさせている。

「黙れ」

聖王の眼光で黙らされると、そこにも神官がやってきてふたりを神殿から連れ出した。

獣人の少女が歩いた跡は、血に濡《ぬ》れたように残っていて、みんな薄気味悪そうにそれを見ていた——が、エヴァは別のことを考えていた。

（こんな厳しいチェックがあったなんて……。なにか、意味があるの？　「無垢の者」でなければならないことに意味が？）

エヴァは目で父を探すが親のいる席には見つけられなかった。もしかしたらここにはいないのでは——と思いつつ、

（……レイジ）

次に思い出したのは、やはり、頼れる護衛の名だった。

彼がいてくれたならこんな不安を感じる必要もないのに——と、エヴァは無意識に左手のブレスレットに手を伸ばした。

（え⁉　どう、して……⁉）

そこにある宝石はどれも欠けていた。

5つある宝石はすべて青色に染まっていた——つまりもうこれ以上、魔力は吸収できな

いという表示だった。

どくん、どくん、と動悸《どうき》が速まる。「体調が戻った」というのは間違いで——ブレスレットが限界を超えて破損し、体内の魔力量が戻り始めただけだったのだ。

「……どうしたんだ、エヴァ嬢」

「！」

心配そうに顔をのぞき込んだルイは、エヴァの瞳を真正面から見てしまった。

未制御の、特別な瞳を。

と、そのとき、ワァッという拍手が沸き起こった。聖王がこれから天賦珠玉の授与を始めると言ったからだ。

「ル、ルイ様……わたくし」

「——お前は、なにひとつ心配しなくていい」

少年の瞳は、今までにないほど強い光に満ちていた——。

「なにひとつ、だ」

壇上では威厳ある声で聖王が言う。

「まずは聖王子クルヴシュラト、そなたに天賦珠玉を授ける」

「はい」

澄んだ声で返事をした彼は、まだ声変わりもしていなかった。女の子のようにも見える可愛《かわい》らしい姿に頬を染めたのは、少女だけでなく少年も多かった。

だが、聖王だけは苦虫をかみつぶしたような顔をしていた。その後の言葉が出てこないので貴族たちがざわつきだしたが、

「……こたび、聖王子クルヴシュラトに授けられたものは……今年出現した星８つの天賦珠玉となる」

その衝撃的な一言に、ざわつきはどよめきとなり、はっきりと言葉を伴って「なんだって」と言う貴族もあった。

星８つの天賦珠玉は前代未聞《ぜんだいみもん》だ。この世の者には使えない星９つ以上の天賦珠玉については貴族たちも知っていたが、それ以外では最大でも星７つまでしか聞いたことがなかった。しかもその星７つは戦乱で失われ、現存する天賦珠玉では星６つが最高のはずだ。

「…………」

聖王はただじっと、厳しい表情でクルヴシュラトを見つめている。どよめきを注意することもなく。クルヴシュラト本人も、そんな天賦珠玉を授けられるとは思っていなかったのだろう——戸惑いながらも父である聖王を見返している。

「お待ちください、聖王」

だがそこへ、手を挙げた人物があった。

「星8つという希少極まりない天賦珠玉を、ただ血筋だけで授けられるというのはいかがなものか。天賦珠玉の内容を考え、才能が合致するのならその他の者が手に入れるチャンスがあってもいいのではありませんか」

燃えるような目で――闘争意欲をかき立てられたような目で、ルイが「待った」を掛けたのだ。

★　エタン＝エベーニュ　★

「――あれは、ロズィエ公爵家のルイ様ではありませんか」

「――どういうことでしょう？　あれではまるで――」

観覧に来ていた貴族たちが動揺し、口々に疑問を呈する。

――あれではまるで聖王陛下を批判しているようではないか。

と。

クルヴァーン聖王国で聖王に異を唱えることは、表向き許されていない。

だがもちろん、聖王に間違いがあったときは陰でそれとなく聖王の耳に入れる。聖王は忠言を聞き入れるだけの分別を持っているのでこれまでうまく回ってきた。

だからこそ、これほど公の場での——しかも神事という「聖王国」ならではの儀式の途中で聖王のやり方に注文を付けるということは、あり得ない事態だった。

聖王が静かに問う。

「……お前は、ロズィエ家の子だな」

「自分がどこの家の子であるかは関係ない！　平等な機会を創り出すために——」

「いや、お前がロズィエ家であることがなにより重要だ」

「——お、恐れながら陛下！」

「黙れ！」

貴族席から声を上げたのはロズィエ家の当主だが、聖王はそれを一喝して黙らせる。

一方のルイのそばでも少年少女たちがざわざわしていた。

「ルイ、ルイッ！　どういうつもりだべな!?　授与式をぶち壊す気か!?」

同じ6大公爵家であるハーフリングのエタンがルイの腕をつかんだが、

「俺に触るんじゃないッ！」

「ルイ……？」

今までにない強力な拒絶にエタンはハッとする。ルイの目は怒りに濁っていた。

「エヴァ様～！」

あちらではミラに抱きかかえられて今にも気を失いそうなエヴァがいた。

（エヴァ嬢はなぜ倒れ……あの顔色は、魔力の欠乏症べな？　それに左手につけているのは魔道具？　なにが起きているんだべな……⁉）

エタンは思考を巡らせるが、立て続けに起きる異常事態に頭がついてこない。

「ルイ＝ロズィエよ。ならばそなたが受け入れるか、星８つの天賦珠玉《スキルオーブ》を。受け入れるだけの覚悟と、適性があるというのなら！」

聖王の発言に貴族席がさらにざわつく。

「陛下！　お止《や》めください！　ルイ、今すぐ下がれ！　父の命令だ！」

「え、陛下。それは無理筋でございます」

ロズィエ家当主——ルイの父が悲痛な声で叫び、聖王の横からエルが出てきた。

（すべては星８つの天賦珠玉！　それはいったいなんなんだべな⁉）

エタンは自分の父を貴族席で見つけるが、厳しい顔をして黙っているだけだった。どうやら父はなにも知らないらしい——正確にはロズィエ家当主だけが、なんらかの情報をつかんでいる。

「俺は本気だ、エル。ロズィエ家は公爵家。聖王家の血を引く家でもある」

「え、陛下、古《いにしえ》より伝わるは、『聖水色《せいすいしょく》を持つ無垢の者に星8つの天賦珠玉を与える』ということでございます」

「血筋で見るなら公爵家は立派な聖王家の流れだ」

「え、詭弁《きべん》でございます」

「黙れ！　これは俺が言い出したことではない、ロズィエ家が言い出したことだ！」

「陛下、それは違います！　うちのバカ息子のルイが勘違いしただけで――ルイ！　今すぐ撤回するのだ！」

「――受け入れます。星8つの天賦珠玉とやら、俺が扱い切れれば今のやり方を変える第一歩になるってことでしょ？」

「ルイ！」

父の叫び声を無視したルイは、聖王しか見ていなかった。

エタンは、聖王の目がいつもの威厳のあるそれではなく――なにかすがるものを見つけたような、一縷《いちる》の望みをかけるような、追い詰められた目であることに気づいた。

当事者の中でただひとり、クルヴシュラトだけがぽかーんとしていた。

「天賦珠玉を持ってこい、エル」

「……聖王陛下」

「エル‼」

「…………」

ウサギの特級祭司は、眉間にシワを寄せていたが、

「……天賦珠玉を用意しなさい」

神官に声を掛けると、自らがそれを運ぶつもりなのか石段を降りていく。

「ああ、ルイ……バカ者めが……」

両手で顔を覆って崩れ落ちるロズィエ家当主と、「いったいなにが？」「星８つの天賦珠玉は過去に聖王家に？」とひそひそと話をする貴族たち。

一方の、この問題を引き起こした本人であるルイは、誇らしげに胸を張っていた。

やがてエルが、聖水色の布を張った盆に、それを載せて戻ってくる。

「なっ――」

エタンは絶句する。

今まで見た天賦珠玉よりも二回りほど大きいのだ。

本来の天賦珠玉は野球ボール程度の大きさであるのだが、エルが持ってきたものはハンドボールほどはある。

さらには色だ。

虹色を含んでいるので「ユニーク特性」であることは間違いない。だがその中央にはどす黒く渦巻く点がいくつもあり、色も赤青黄色とめまぐるしく変わるのである。

（あんな……禍々《まがまが》しい天賦珠玉、見たことがないべな）

ぶるりとエタンは震えた。恐怖を感じたのはエタンだけではない、すぐそばにいる貴族の子女たちは顔を青ざめさせていた。

遠すぎて文字が見えない。いったいなんという名の天賦《スキル》なのか。

「ルイ＝ロズィエ、ここへ」

「はっ」

ルイは平然とした顔で歩き出す。

「ルイ！」

「放せッ」

エタンが腕をつかんだが、やはり振り払われる。それだけでなくルイは、エタンを一顧だにしなかった——まるで眼中にないとでも言うかのように。

（——友だちじゃなかったんべな？）

離れていく距離が、心の距離のように感じられてならなかった。

ルイは集団を離れて聖王に近づいていく。階段を上っていく。もう、届かない。もう誰も、ルイを振り向かせることはできない。

「……そなたは、己に覚悟と適性があると言うのだな？」

まただ、とエタンは思う。また、聖王は「適性」という言葉を使った。天賦珠玉は強制的にスキルを覚えさせるものだから本来「適性」などない。魔力を持たない者に魔法の天賦を与えても意味はないが、それでも「覚えられない」ということはない。

「ある」

ルイは迷わなかった。

「さればこの天賦珠玉【雋ｪ縺?刈迚ｲ★★★★★★★★】をそなたに与える」

天賦の名を——聞いたのに、靄《もや》が掛かったように言葉としては耳に残らなかった。ただそのワードに含まれている、不吉で、不穏で、不可思議な響きだけはその場にいるすべての者が感じ取れた。

ルイは手を伸ばし、天賦珠玉を手に取った。

そして天賦珠玉を空へと掲げる——その天賦を取得するために。

その場にいる全員の視界が、世界が、闇に包まれた。

第4章　聖水色《せいすいしょく》の秘密

第1聖区にある護衛の詰め所は多くの護衛でごった返していた。これが控え室でいいのかと思うくらいには立派な——宴会でもできそうな大広間に、数百人の護衛がいる。テーブルには水差しや果実水《ジュース》の入ったピッチャーが置かれてあって自由に飲んでもいい。壁際《かべぎわ》にずらりと並ぶイスを適当に持ってきて、車座になっている護衛チームなんてのもいた。

ここに来てから1時間はもう経《た》っているだろう。マクシムさんたちは集まって休憩しているけれど、僕はふらふらと護衛たちを観察しながら時間をつぶしていた。

聖王騎士団のようにきっちりした制服はなく、マクシム隊長のように各家の騎士ならばそこそこまとまって見ることはできるけど、中には「え、この人、本気で護衛?」と二度見してしまうような人もいる。

いや、だって、赤髪でモヒカンなんだよ?

「ここの飲み物は美味《うま》いねヒャッハ」

とか言ってるのが聞こえてきて鼻水出るかと思った。「ヒャッハ」って語尾なの？　方言？　汚物の消毒係？

「ヒャハッ……？」

思わずそんな言葉が僕の口から漏れたのは、フッ、と停電みたいに室内が暗くなったからだ。全員が全員天井を見上げたけれど、まだ朝の時間帯なので魔導ランプは使っていない。外からの自然光頼りなのだ。

すぐにまた明るさは戻った——つまり今、この瞬間に「空」が暗くなったということ。

僕の隣にやってきたマクシムさんが眉をひそめる。

「レイジ、なんだったんだ今のは。雲が太陽を隠したのか？」

「……いえ。そうではなく……なんだかイヤな予感がします」

辺境伯もこう言っていた。

——今日は血が騒ぐ。

野生の勘というのは当たるのだ。それが、命に関わることならなおさらだ。

僕が窓際に駈《か》けていくと、同じように窓から外を確認している護衛が数人いた。そのうちのひとりがアルテュール様だ。

「アルテュール様、今なにか？」

僕が声を掛けると、難しい顔で黙っているアルテュール様。視線の先は聖王宮だ。

「……まさかそんな……」

「アルテュール様！」

僕の声にハッとしたアルテュール様は、

「お、お前はスィリーズ伯爵の――」

「もしかして聖王宮でなにかあったんですか？」

今日は天賦珠玉《スキルオーブ》の授与式があるだけだ。神事だというけど、毎年やっているものだし、特別なことが起きるようなものならウチの伯爵だって事前に教えてくれるだろう。

（――待てよ。特別なこと？）

「こと」ではないが、特別な「もの」ならある。

「一天祭壇《ファーストアルター》」から星5つ以上の天賦珠玉が出たかもしれないのだ。

僕は星6つの天賦珠玉がどれほど強力なものなのかを知っている――「六天鉱山《シックスマイン》」でラルクが振るっていたあの力。瀕死《ひんし》だったとはいえ竜の首を一刀のもとに斬り落とす力。

「アルテュール様……もしや、クルヴシュラト様に授けられる天賦珠玉ですか」

傍目《はため》にもわかるほどにアルテュール様が驚愕《きょうがく》の表情をする。

「お前、なぜそれを……!?　い、いや、クルヴシュラト様が『受け取れば』問題なく済むはずだ。あれはそうして『解決する』ものであると……」

「ちょっと待ってください。クルヴシュラト様が特別な天賦珠玉を受け取るとなにが起きるんですか？」

「それは……わからない」

ずずん、と地響きがした。

さすがに他の護衛たちも異常を察知し、ざわざわし始めた。

「アルテュール様、なにが起きるかわからないのですね」

「あ、ああ……」

「ならば、今、まったく予測もつかなかった問題が起きている可能性もありますね？」

視線を泳がせたアルテュール様だったが、

「……あり得る」

認めた。

そして彼は、きっ、と顔を護衛たちへと向けた。

「みんな、聞いてくれ！　俺は聖王騎士団第２隊隊長のアルテュールだ！」

ざわついていた会場内はぴたりと音が止《や》んだ。

「詳しくはまだ言えないが、今日の天賦珠玉授与式でなんらかの問題が起きた可能性がある。それは聖王陛下とクルヴシュラト様が押さえ込む予定のものだが、予断を許さない。すぐに行動に移れるようにしてくれ!」

え。

いや、ちょっと待って。

「アルテュール様、なんですかその『押さえ込む』って」

「……今のは失言だ、忘れてくれ」

「『ヤバイもの』が出るかもしれないと、あらかじめわかっていたんですか⁉」

僕の言葉に護衛たちが再度ざわざわする。

「そんなことはない。そんなことにはならないはずだ」

「今の暗くなった外、それに地響き、明らかになにか起きてるじゃないですか!」

と言ったときだ。

ドォン……。

遠くで、なにかが破壊される音が聞こえた。

(方角は聖王宮——)

そのときには僕は走り出していた。

「あ、待て、おい!」

待つわけがない。僕は窓から外へと飛び出すと、聖王宮への最短ルートを考える。建物の陰から出ると――すぐそこに聖王宮と第1聖区を区切る壁があった。

「なんだよ、あれは⁉」

聖王宮の敷地内に、半球状の闇が出現していた。

遠近感がわかりづらいが大きさはショッピングモールくらいはあるだろう。高さも50メートル以上だ。

それが「異常事態」ではないと断じる理由はなにひとつなかった。

（お嬢様、無事でいてくださいよ……‼）

僕は城門に向かって全力で駈けた。

城門は聖王騎士団第1隊の人たちが固め、走ってくる僕へと警戒する。

（なにをやってるんだよ。警戒するのはこっちじゃなく、アンタたちの後ろだろ！）

僕は、自分の身体《からだ》が学習した多くの天賦《スキル》を呼び覚ます。【腕力強化】、【背筋力強化】、【腹筋力強化】、極めつけは【身体強化】を使っての【疾走術】だ。

僕の身体が風になって、一気に城門までの距離を縮める。

「おい、お前はどこの護衛――」

「止まれ止まれ、ここからは通せない――」

身を低くし、【瞬発力強化】と【跳躍術】で石畳を蹴った。石の割れる音がした。

「えええええ!?」

僕は騎士たちの絶叫を後ろに残し、城門を軽々と飛び越えて向こう側に着地する。

（【回復魔法】）

あまりに無茶をしたので筋繊維が悲鳴を上げているが、それを魔法で治す。

人気《ひとけ》のない聖王宮を走り出す。半球状の暗闇目指して。

（あれはなんだ？　あの中にお嬢様がいるんだよな？）

僕が思い出したのは、アッヘンバッハ公爵領の領都で竜と戦ったときのこと。

戦う力を持たなかった僕はノンさんに連れられて戦場を後にした。

あのとき僕に、今と同じ力があれば多くの人死にを出さずに済んだかもしれない。

ライキラさんだって死なずに済んだかもしれない。

（——まだ、間に合うかもしれない。いや、間に合わせる！）

闇のドームはすぐそこだ。中へは入れるのか？　あるいはなにか別の手段が——。

「!!」

僕はそのとき、ドーム前にたたずむ人影を発見した。

★　エヴァ＝スィリーズ　★

視界が暗転したのは自分が気を失ったからなのだとエヴァは最初、思った。だけれどすぐに、視覚以外の感覚が正常であることに気がつく。自分を抱きしめているミラの温かさ、誰かの大声、風に乗ってやってくる——焦げ付くようなニオイ。

暗闇の中で明るいものは限られていた。すぐそばにいた聖王子クルヴシュラトの身体からあふれる聖水色《せいすいしょく》の輝き、石段の上で仁王立ちしている聖王も持っている同じ光。

目を凝らすと、聖王の横にはより濃い闇があって黒い霧が噴出していた。

「うおおおおおお！　鎮《しず》まれ‼」

聖王の太い両腕が錫杖《しゃくじょう》を力一杯、強い闇に目がけて振り下ろした。

その闇があった場所は、先ほどまでルイが立っていた場所だ。

（ルイ様は……？）

考えたくない、イヤな想像がエヴァの脳裏をよぎる。

それはつまり。

あの闇が、ルイなのではないか、という。

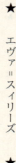

聖王は何度も錫杖を振るったが、闇はするりと身をかわす。

「──ごめんなさい、もう大丈夫」

「エヴァ様〜⁉　平気ですか〜⁉」

「はい……ただ、わたくしの目は見ないでくださいませ」

魔力が戻ってきたエヴァはミラの顔をつとめて見ないようにしながら身体を起こした。

この事態を理解している人間は、聖王とエル、それにロズィエ公爵くらいだろう。

（わたくしの魔瞳がルイ様を……）

ルイの強気過ぎる行動は、「鼓舞の魔瞳」が原因だということはわかっていた。

胸が苦しいほどに痛い。

後悔が、重荷のようにのしかかってくる。

「エル！　これはどういうことだ‼」

「え、聖王陛下……公爵家では、かの天賦珠玉《スキルオーブ》を受け入れるのに、力不足であったということでしょう」

「だがこんなことになるとはお前は言わなかったぞ‼」

「過去の聖王は、皆、聖水色を持つ『無垢《むく》の者』に天賦珠玉を与えましたから……」

聖水色。

無垢の者。

ルイは「無垢の者」だったが「聖水色」を持たなかった――だけれど、天賦珠玉を取り込んだだけでいったいなにが起きたというのか。

『……クキ、コ……カカカカカカ……‼』

乾いた嗤《わら》い声が響いた。

背筋をなでられるようなぞわりとした感覚に、エヴァの肌が粟立《あわだ》つ。

嗤ったのは、闇だ。闇であってルイではない――エヴァはそう信じ込もうとした。

「ルイィィイ‼」

ロズィエ公爵の絶叫が聞こえ、他の貴族たちが逃げ出す気配があった。

「――な、なんだこれは。壁になっていて進めない！」

「――騎士団！　剣を使え！」

闇は硬く、逃げることもできないようだ。剣を振るう音も聞こえたが、小さな火花とともに跳ね返されている。

（そう、ここは聖王騎士団第1隊が警護に当たっている。だから大丈夫、大丈夫）

自分に言い聞かせるようにエヴァは胸に手を当てる。

『哀レナ。逃ゲルコトハ叶《カナ》ワヌ』

感情を見せない声が、闇から聞こえてくる。

「黙れ。お前は死ね——騎士団長、いるか‼」

「はっ、ここに」

「斬れ‼」

「はっ」

どこから現れたのか、この闇でも見える3つめの光が現れた——それは聖王騎士団第1隊隊長にして騎士団長、その人である。

抜かれた剣の色は金色。

刀身が鱗粉《りんぷん》のように光をまき散らしている。

「あれが【聖剣術《ホーリーソード》】——‼」

誰かが興奮したように叫んだ。

星6つの、この国で最高の武力。

光が、巌《いわお》のような武人を照らし出す。騎士団長が前線に行くことはなく「名誉職」などと言われることもあるが、騎士団長が弱いわけでは当然ない。

武人として修練を積み、先代騎士団長と聖王のふたりが認めた者が後継者となる。

金属鎧《プレート・メイル》を着込んだ騎士団長は、マントをなびかせながら光の剣を振り下ろした。

瞬間、目を開けていられないほどの光が闇を切り裂いていく。足元が揺れてエヴァは尻餅をつく。誰かが悲鳴を上げている。

その衝撃が収まったとき――視界がぼんやりとして正常な視力が戻るまでにわずかな時間が必要だった――。

「……ごぼっ」

まだ闇は去っていなかった。

騎士団長が、剣によって腹を貫かれていた。

その剣は宝剣だ。

ルイが父から贈られた宝剣であり、彼がエヴァに貸してくれた宝剣だった。

「イヤ……そんなの、イヤッ……！」

エヴァは確信してしまう。あの、人の形を取った闇の塊がルイなのだと。ルイの変わり果てた姿なのだと。

自分に対して並々ならぬ関心を示していたことはわかっていた。傲慢で、意地っ張りなところはあったけれど、素直で優しい面も併せ持っている男の子だった。

エヴァにとっては初めてできた友だちのひとりだった。

その彼が、騎士団長を刺し――騎士団長はその場に倒れ伏し、動かなくなった。

倒れ伏した騎士団長の背中から、ポヮ、と虹色の光が浮かんでくる――それは天賦珠玉【聖剣術】の光だ。

闇が手を伸ばし、光をからめとると、小さく硬質な音を立てて光は散って消えた。

「あぁ――……」

誰かが気の抜けたため息ともつかない声を漏らす。目の前の現実を現実として受け止めたくないからかもしれない――この国最高の武力を誇っていた天賦珠玉が今、消え去ったのだから。

（どうして……どうして！）

いったいなにを間違えてこうなったのか。

自分がなにか致命的な失敗をしてしまったのか。

ただすべての歯車が少しずつ間違えて、この結果を生んだのか。

「ミラ、ここか」

近くへ、巨大な気配がやってきていた。

「パパ～！」

「暗くて足元が見えねえな」

「こ、これはいったいなんなんですか～⁉」

「俺が知るわけねえだろ。ただ、状況はよくねえ。とりあえず武器が必要だ——おい、誰か剣を貸せ。……ん、まあぼちぼちだな」

近くにいた貴族の男子から剣を巻き上げたらしい辺境伯は、

「距離を取れ、とにかく離れろ。あのバケモノの相手は陛下とエルに任せるしかねえ」

「——しかし、辺境伯閣下。臣下の我々が逃げてもいいのですか」

エタンが聞いている。

「勇敢なのは結構だが、そんなことは戦う力を身につけてから言うもんだ。それにお前たちの仕事はクルヴシュラト様をお守りすることだろうが」

エタンはハッとしたように、

「そのとおりです……失礼しましたべな。——クルヴシュラト様、なるべく離れましょう。我々にはもう、できることはございませんから」

「そう……だろうか？」

「えっ？」

そのとき優しげなクルヴシュラトの表情が引き締まった。

「……あの天賦珠玉は、我が授かるはずのものだった。であれば我ならばなにかできることがあるのではないか？」

「そ、それは……」

『ソノ通リダ』

いつの間に——距離を詰められていたのか。石段を降りたことさえわからなかった。

聖王子の5メートル先に「闇」がいた。

暗闇だというのに、「闇」はなお暗く感じられる。そこから生ぬるい風が吹いてきて、焦げ臭いニオイが周囲に充満した。

『古《イニシエ》ノ盟約ニ従ワナカッタノハ、其方《ソナタ》ラダ』

「盟約」、などという言葉にエヴァは聞き覚えがない。

『代償ハ大キイ。先ホドノ天賦珠玉ハ盟約不履行ニヨリ消滅サセタ』

物言わなくなった騎士団長のそばで、聖王が膝をついている。自信満々で尊厳の塊であったようなこの国のトップが、うちひしがれている。

『マダ足ラヌ。其方——盟約者ノ一族ダナ。嗚呼《アア》、嗚呼、嗚呼……同胞ガ叫ンデイル、聞コエルカ、其方ガ美味《ウマ》ソウダト、叫ンデイル……』

「闇」がクルヴシュラトへと歩き出すと、聖王は弾《はじ》かれたように立ち上がった。

「クルヴシュラトに手を出すなァァァァ！」

投げた錫杖は「闇」の後頭部目がけて飛んでいく。振り返った「闇」がその錫杖を受け止めると、ビリッと鈍い金色の電撃が周囲に跳ねた。

「貴様らは、聖王家の血を未来永劫《えいごう》吸い続ける気か‼」

がらん、がらがらがら、と錫杖《しゃくじょう》が転がっていく。

『其《ソ》レガ盟約故ニ。厭《イヤ》ナラバ盟約ナド破棄スルガヨイ』

「望むところ――」

「陛下！　お待ちください！」

エルが後ろから聖王に抱きついてその場に留《とど》める。

「『裏の世界』の者どもの罠《わな》です！　連中は、盟約の破棄こそ最も望むこと‼」

「盟約に縛られてるからこちらの攻撃が、聖剣が、弾かれたんだろうが！　盟約を盾にして連中はああやって好き勝手やっているんだぞ！　すべての枷《かせ》がなくなれば、俺が、聖王騎士団が『裏の世界』の連中など滅ぼしてくれる！」

「陛下‼　あなた様は我が子かわいさに、思考が曇っているのです‼」

「うるせえ‼　かりそめの命しか持たぬ貴様になにがわかる！」

エルは突き飛ばされ、背後にごろんと転がった。

『盟約ヲ、破棄スルノダト宣言セヨ』

「ああ、そんなもんいくらでもしてやる――俺は、クルヴァーン聖王国の王として」

なにか、マズイ。

今目の前でよくないことが行われようとしている。

エヴァは震える喉に力を込める。

止めなければ！

「だ、ダメ——えっ⁉」

声を上げる直前だった。

「闇」がこちらを見ていた——いや、そこにあったのはルイの顔だった。生気のないルイの顔が闇に浮かび上がってエヴァを見ていた。「なぜお前はそこにいる」「なぜお前は俺の背中を押した」「なぜお前は生きている」——そんなふうに言われた気がして、エヴァの勇気が急速にしぼんだ。

（わたくしでは、ダメなのだわ。わたくしには、なにもできないのだわ。わたくしなんて、結局は貴族という身分がなければなにもできないただの子ども——）

恐怖に胸を衝《つ》かれ、エヴァはその場にへなりと座り込んでしまった。

ついに、聖王はその言葉を発した。

「盟約など破棄してやるッ‼」

けれど、エヴァは心の中で叫ぶ。

（助けて。助けて。助けて‼）

そして「闇」が嗤《わら》った。

『ソノ言葉、聞キ入レ――』

だが最後まで「闇」が言い切ることはなかった。

ガラスが割れるような大きな音とともに、光が射《さ》し込んだのだ。

「うおおおっしゃあああ‼　割れた割れた割れた！　クッソ硬いんだよも〜〜〜‼」

そこにいたのは、

「ああ……」

今エヴァが、最も切望し、来て欲しいと願っていた――少年《ひと》だった。

「レイジ‼」

★

闇のドームの中、射し込んだ光は一筋の道のように美しい床面を照らし出す。神殿のような造りになっているそこにいたのは――人の形をした「闇」と、キトンのような服を着た少年少女たちだった。

レイジ、とお嬢様が呼んでくれたのを僕の耳はとらえていた。へたりこんだ、お嬢様のまつげが涙に濡《ぬ》れていた。

「……ウチのお嬢様になにをした？」

その「闇」が、まともじゃないことくらいわかる。この騒ぎを引き起こしたのがその「闇」だということも。【森羅万象《ワールド・ルーラー》】は、その「闇」をなんらかの「生き物」だと判断しているが、一般的な生き物とは違うようだ。

だけど。

お嬢様を泣かせた。

それだけで十分だ。それだけで、あいつをぶちのめす理由になる。

「レイジさん」

後ろからスィリーズ伯爵が現れる。

このドームの手前で出会ったのが伯爵だった。伯爵はこの授与式に参加せず——貴族や神官たちが一斉にいなくなるのを見計らって、聖王宮内で調べ物をしていたと言っていた。クルヴシュラト様に与えられる天賦珠玉《スキルオーブ》について調べておきたかったらしい——おかげで伯爵はこの闇のドームに閉じ込められることなく済んだのだけれど。

武器や魔法では破壊できなかったこのドームも、伯爵が持ってきた「石」でなら破壊できた。その「石」の色は階段の上にある祭壇とよく似ている。

……あれが「一天祭壇《ファーストアルター》」か。

で、この「石」も祭壇絡《がら》みのなにか……もしかしたら祭壇の一部とか。

『侵入者ダト……？　ッ、其方ハ⁉』

「侵入者はそっちだろうが……よ‼」

僕は地面を蹴って走り、人型の「闇」との距離を一気に詰める。

石を握りしめた僕の右拳が、「闇」の腹に突き刺さる。

『ゴボッ、ガッ』

何度もバウンドして吹っ飛んでいく。

「──攻撃が通じる⁉」

「──【聖剣術《ホーリーソード》】すら効かなかったのに！」

「──あれは何者だ」

観覧席にいるらしい貴族たちの声が聞こえたが、僕にとって重要なのはひとりだけだ。

「お嬢様、お待たせしました」

安心させたくて微笑《ほほえ》みかけると──その目にはみるみる涙が浮かぶ。

お嬢様は、貴族だと言っても12歳だ。

怖かっただろう。恐ろしかっただろう。

お嬢様は、涙をこぼさないギリギリのところで踏ん張っていたのだ。

「……レイジ」

「はい」

だけどお嬢様は……やはり、お嬢様なのだ。

スィリーズ家の自慢の娘にして、僕の護衛対象。

そして、

「わたくしを――わたくしたち全員を、守るのだわ」

とても人使いが荒い。

「承知しました」

だけど僕は、自分だけでなくみんなを救いたがるお嬢様が、嫌いじゃない。

『ナゼ、此処《ココ》ニイルノダ、災厄ノ子ヨ……!』

吹っ飛んだというのに何事もなかったように立ち上がった「闇」が叫ぶ。「災厄の子」って僕のこと？　……あ、もしかして黒髪黒目のこと？　ええ……あんな得体の知れない闇にも僕は忌《い》み嫌われてるわけ？

『サレド、盟約破棄ハ成ッタ』

身体《からだ》からどんどん闇が噴出する。光は僕が開けて入ってきた1か所のみ。

『ヴァアアアアアアアアアアアア!!!!!!』

耳をつんざくような絶叫とともに、「闇」の右腕がろくろ首のように伸びていく——向かう先はクルヴシュラト様だ。

「シッ」

僕はすかさずその前に身体を滑り込ませ、石で手を弾いた。

『グウッ』

やっぱりこの石は効くんだな。伯爵がこっそり持ってきただけはある。っと、今度は左手が飛んでくる——、

「ふんぬ！」

辺境伯が剣を振ってそれを斬り飛ばした。

「ふぅむ……ふつうに剣は通るようだが。どう思う、スィリーズ」

辺境伯が問うたのは、いつの間にか、ぬるりとこちらにやって来たスィリーズ伯爵だ。

「盟約によるこの空間では、あの『闇』——調停者に攻撃は通用しません。ですがレイジさんが希少な聖遺物を使ってこじ開けた穴のおかげで、盟約は不完全のようです」

「ちょっとちょっと伯爵!? なに、さらっと僕がやらかしたみたいに言ってるんですか!?

あとワケわからないワードが多すぎます！」

「ちゃんと説明しますよ……生きて帰れたら、ですがね」

「む……」

「そういうことだ。行くぞ、小僧——他の者はあの穴から外へと逃げよ！」

辺境伯が走り出したので僕もそれに続いた。後ろでは、子どもたちがワァッと光の射すほうへと走っていくのが聞こえる。

「ぬおらあああ！」

『小癪《コシャク》ナ』

辺境伯の肉体に比べるとやたら心細く見える宝剣は、無数の斬撃となって敵を——伯爵に言わせると「調停者」を襲う。

それを調停者はすさまじいスピードでさばいていく。

(全部かわすのかよ)

だけど、

「こっちがお留守だぞ、っと」

僕は石で調停者の背中を思い切り殴る。

『ッグウ……』

「追撃はこれだ」

左手の指先にはそれぞれ火の玉が出現する。これで一気に【火魔法】５連発だ。

『助けてくれ、助けてくれェッ……』

「うおあ⁉」
ビ、ビビった、いきなり調停者の背中にルイ少年の顔が現れるんだもん。
『ギャア‼』

あんまり驚いたから【火魔法】を手加減なしでぶっ放してしまった。調停者が火だるまになって転がっている。

「……小僧、貴様はなかなか鬼畜だの」

辺境伯が呆《あき》れている。

でも僕は【森羅万象《ワールド・ルーラー》】ですでにわかっていたのだ。あのルイ少年はニセモノだと。本物のルイ少年はあの闇の奥底にあって――もう、死んでいる。

「さて……それでは聖王陛下、なにが起きているのかご説明願おうか」

辺境伯が階段を見やると、呆然《ぼうぜん》とした聖王とエルさんがいた。

「――俺は……」

「え、聖王陛下は非常によろしくない決断をされました。盟約の破棄です。え、『裏の世界』とこの世界をつなぐ盟約が破棄されれば、闇の者どもが攻め込んできます」

……なんですって？

いや、今、え？　急にいろんな情報が入ってきて頭がパンクしそうなんだけど？

「意味不明だ。そんで、俺たちはどうすりゃいいんだ」

辺境伯も僕と同じで理解できていないようだけど、さらっと流してしまった。

その割り切り、まさに武人。

「破棄は、いまだ成立しておりません。え、調停者をこの場で葬《ほうむ》ることが最優先です」

僕は向こうの暗がりで、調停者がゆらりと立ち上がるのを見た。

「じゃあ、徹底的にぶっつぶしゃいいんだな？　なんだ、簡単なことじゃあねえか――小僧、もうちっと共闘と行くぞ」

「はい」

「……後は」

ちらり、と辺境伯は後ろを見やる。

そこにいたのは呆然としている聖王だ。

「目ェ覚まさねェかグレンジードッッッ‼‼‼」

その大声は、音の波となって聖王を揺らした。

「二度や二度の間違いで膝ァつくな‼　お前は、お前こそが、この国のテッペンだろうがァッ‼」

あまりの音量に僕は耳を塞いだけれど、聖王の目には——光が戻りつつあった。

「……俺が、この国の」

ほろりと、一筋の涙が頬を伝った。

聖王は拳で目元を拭う。

「懐《なつ》かしい名前で呼ぶんじゃねえよ……」

「お前が、忘れちまったからだろうが」

グレンジード、というのは聖王が昔持っていた名前なのか——聖王に即位すると同時に名前はなくなるから。

辺境伯はそのころから聖王とは友人だったのか。

「俺が、聖王だ」

「そうだ。お前が聖王だ」

「俺が、この国を率いるのだ」

「そうだ。お前がこの国の指導者だ」

僕は、それまで聖王という人間を見誤っていたのかもしれない。

人間味があって、おおらかで、クルヴシュラト様を可愛《かわい》がる。そんな「よき父」としての側面しか見ていなかった。

だけれど今の聖王はどうだろう。

「──エル、あのバケモノを殺すにはどうしたらいい」

調停者が純粋なる闇だとしたら、聖王が身に纏《まと》っている空気は──殺気は、人が持つ原罪の闇。あらゆる破倫さえも厭《いと》わない、君主としての傲岸不遜。立ちふさがるものをすべて蹴散らす血塗られた覇道。

負の感情を煮詰めたような気配に、僕は思わず気圧《けお》されたのだった。

エルさんが差し出したのは古ぼけた小さなナイフだった。

「え、これを、調停者の身体に突き立ててください」

「わかった。──行くぞ、辺境伯、それに小僧」

すっかり僕も、頭数に入っているようだ。

「この国にケンカを売ったことを、バケモノに後悔させてやる」

復活した聖王は圧倒的だった。調停者へとためらいなく踏み込んで行くと、ナイフを振るうのではなくパンチの連打をお見舞いしていく。調停者は明らかにナイフを警戒しているのでパンチが面白いように決まっていく。

だけれどそのパンチは大振りなので隙も生まれやすい。調停者は聖王の喉笛目がけて腕を伸ばした――が、その手首をがしりとつかむと、

「せええええいッ!!」

なんと一本背負いだ。とはいえ柔道のそれとは違い、相手をそのまま地面に叩《たた》きつける。

調停者の身体がバウンドしたところへ、転がっていた金色の錫杖《しゃくじょう》をつかみ上げると片手でぶん回して調停者の身体にめり込ませた。

調停者は「く」の字になって飛んでいく。

それを待ち構えていた僕が石を握りこんでのアッパーカットで上へとぶち上げると、高く高く浮かんだ調停者は墜落する。

『ヌアアア!』

それでも、すぐにがばりと起き上がる。

転がった調停者の身体から何本もの腕が生えて襲いかかってくるが、僕や聖王、辺境伯はかわしていく。聖王も辺境伯もその巨体に見合わぬ軽いステップだ。攻撃が地面をえぐり、床を割った。

その間に辺境伯が叫ぶ。

「聖王騎士団！　お前らじゃあ話にならん！　貴族の避難を支援しろ！」

「し、しかし――」

「団長は死んだんだ！　聞き分けろ‼」

聖王騎士団の動きは精彩を欠いており、それはあそこで倒れている――おそらく騎士団長の死が影響しているのだろう。辺境伯の命令に従って動き出す。

「辺境伯！　今日は見学か⁉」

「――フッ、戯《ざ》れ言《ごと》を」

聖王に挑発され、辺境伯が聖王と調停者との戦いに割って入る。

「どらあああ‼」

「ふぉああああ‼」

巨体に挟まれてボコボコにされる調停者がかわいそうに見えるほどだ。

「ッ！」

そのとき【森羅万象《ワールド・ルーラー》】が闇の中で魔力が膨張するのを捉えた。

「反撃が来ます‼」

すかさず辺境伯が調停者から距離を取り、踏み込みすぎていた聖王のベルトを僕はつかんで引っ張った。

ボンッ、という音とともに無数の黒い針が、ウニのように展開した。

『下劣デ脆弱《ゼイジャク》ナ世界ノ民ガ……調子ニ乗ルナァァァ！』

その直後、針が全方向に射出される。聖王は錫杖を回転させて吹き飛ばし、辺境伯は宝剣で斬って捨てる。僕は、いまだ避難中の貴族たちの前へと移動し【風魔法】で射線を変えて当たらないようにする。

お嬢様を目で探すけれど、僕はその姿を見つけることはできなかった。無事に避難してくれたのならそれでいい。

いや、まあ、あの伯爵がこんな危険な場所にお嬢様を置いておくわけがない。

『盟約ハスデニ破棄サレタノダ、後戻リハデキヌ‼』

調停者と聖王、辺境伯との戦いは続いていた。

「いいや……お前が破棄を実行する直前に、あの小僧がここに穴を開けた。もうここは、こっちの世界だ。裏の世界との『中間地点』ではなくなっている。それはお前がいちばんよくわかっているだろ？」

『ヌゥ‼』

聖王が錫杖で突くと、調停者の左肩にヒットして上半身が大きく揺らいだ。そこへ踏み込んだ辺境伯の鋭い刺突だったが、

「⁉」

攻撃を読んでいた調停者は身体《からだ》の揺らぎに合わせて回避、接近していた辺境伯の腹に、しならせた腕をぶつける。

「ガハッ」

腕がめり込み、辺境伯の巨軀《きょく》が5メートルくらい吹っ飛ぶ。

僕は調停者の背後へ飛び掛かり、石をその脳天に叩きつける。

『グ⁉』

「よくやった、小僧！」

聖王の5連突きが繰り出され、それはすべて調停者にヒットした。

『ナメルナ‼』

ダメージは通っているはずなのに、調停者は錫杖の先をつかむ。次の瞬間には黒い身体がヘビのように伸びていき、聖王の左腕を締めつける。

それはぎゅうぎゅうに腕を締め上げ、瞬《また》く間に左腕は紫色に変色する。

「クソッ、タレが……」

「聖王陛下！」

僕は錫杖を蹴り上げようとしたが、足の裏には地面を蹴ったかのような硬い感触。すさまじい力で拮抗《きっこう》しているのだ。

「どけ小僧！　おりゃあああああ‼」

戦線復帰した辺境伯が調停者の背後から突進し、ショルダータックルをかました。

さすがにこれには調停者も転がり、聖王の拘束も解かれる。

そうだ――拘束だ。

僕はとっさに地面に手を突いて、【土魔法】を発動した。鏡面のように磨かれた床を割って土砂が飛び出すと、調停者をつかむ。固まれ固まれ固まれ固まれ固まれ！

『ヌンッ』

べきべきべきとあっという間に固めた土を剝がされるが、僕は次々に新たな土を吐き出させて調停者をしめつけていく。

「聖王！　今ですぞ‼」

「わかってる！」

内出血でパンパンになった聖王の左腕からは、へし折れた錫杖がカランと落ちた。

「うおおおおおおおお‼」

走り出した聖王は調停者を左足で踏みつけると、

「死ねやあああああああ‼」

右手に持った――エルさんからもらっていたナイフを、調停者の胸に突き立てた。

ナイフが白の閃光《せんこう》を発し、調停者の闇を切り裂いていく。

大気が震え、地面が揺れる。

倒したのか――と思ったのだけれど、僕の【森羅万象】は見た目とは違う、ネガティブな観測をしていた。

「陛下、離れてください！」

「あ？　コイツはもう死ぬ――」

僕は【疾走術】で突っ込むと聖王の身体にタックルするように突き飛ばす。

『闇ヨ、門ヲ開ケ。光ヨ、道ヲ開ケ』

術者である僕が離れたせいか【土魔法】は解け、調停者は仰向《あおむ》けの状態でふわりと浮かぶ――胸にナイフを刺したまま。光を放ったまま。

腕を、空へと伸ばしていた。

噴き出す光に耐えかねたように、調停者の身体が小さな欠片《かけら》に分裂、燃え上がる紙片のように中空に消えていく。硬質な音を立ててナイフが床に落ちた。

火の玉のような黒い塊がそこに残っていた。

その塊はギュルルルルと高速回転しており、発射準備を整えているかのようだった。

「あ――」

【森羅万象】が分析する――狙いは避難しようとしている貴族の最後尾であると。

もしこの塊が直撃したらどうなる？　【森羅万象】によればその塊は、超がつくほどの高エネルギー塊であるという――人の身体など、木《こ》っ端《ぱ》微塵《みじん》だ。

「っく‼」

無理な体勢から僕は走り出す。

黒い塊が飛び出す――。

――わたくしたち全員を、守るのだわ。

お嬢様のオーダーは、「全員を守る」だ。

「うおおおおおおお‼」

それは刹那の出来事だ。

スピードが足りない。【補助魔法】を使用してスピードを上乗せする。僕は手に持った石を、黒い塊の側面に叩きつける。

ギギギと音がして石が火花を散らすのさえスローモーションに見えた。

ヒビが入って砕け散った石。

黒い塊を止めることはできなかった。

でも、方向は変わった。

貴族たちが密集する10メートルほど横に飛来したそれは闇のドームを易々《やすやす》と突き破ると衝撃波が円形に広がって壁面を破壊、さらには近くの騎士を吹っ飛ばす。

塊は聖王宮へと飛び出すと木をえぐり、砂埃《すなぼこり》を舞い上げ、第1聖区とを区切る「1の壁」に到達。それすらも貫通するや、第1聖区最大の建物である聖王議会の中央階段をえぐり、「2の壁」に衝突——したところでエネルギーが爆発的に増大し、外側へ向かって派手に吹っ飛んだ。

ドン、という音と、震動がここまで届く。

「チッ……」

聖王が、塊の通り過ぎていった一直線の道をにらんでいた。

すでに調停者の痕跡は残っておらず——調停者がいた場所には冷たくなったルイ少年が横たわっていた。

ドームの頂点から闇が引いていき、ものの数秒で周囲は明るくなっていく。

「……聖王陛下」

僕の【視力強化】が捕捉しているのは、はるか向こうで立ち上る闇の気配。

「まだ、続きがあるようです」

黒いエネルギー塊は爆発したようだったけれど、まだその場に残っている――距離がありすぎて【森羅万象】でもそれ以上の情報がわからないのだけれど。

放置はできない。

エネルギー塊を石でぶん殴った右手は、砕け散った細かい石の欠片が突き刺さって血が出ていたけれど、衝撃のあまり感覚がマヒしていてあまり痛くない。今のうちに【生活魔法《コンビニエント》】で水を出して洗い流し【回復魔法】で傷を治す。

身体に残った魔力が少なく、疲労も蓄積していて頭がくらっとする。

「……陛下、辺境伯閣下、お二方はこちらにお残りください」

「お前は行くのか？」

「はい」

「それ以上は騎士団の仕事だろう」

「……お嬢様が『全員守れ』とおっしゃったので」

すると聖王は口元をゆがめて獰猛《どうもう》な笑みを浮かべた。

「これを持っていけ」

投げて寄越《よこ》されたのはエルさんが聖王に手渡した、あの古びたナイフだ。片刃で刀身は反っているが、刃は研がれていない、祭祀《さいし》用のものだ。

【森羅万象《ワールド・ルーラー》】によるとてつもなく古いものだとわかる。表面上にはなにも感じられないが、刀身の中枢になにか魔術的なものがあるらしい。

「――では、行ってまいります」

「ああ」

聖王がうなずき、辺境伯が小さく手を挙げた。僕はちらりとルイ少年の亡骸《なきがら》に視線を投げ、それから走り出した。

あれからお茶会で、何度もルイ少年とは顔を合わせた。僕がお嬢様の護衛で、お嬢様と四六時中いることに対して嫉妬の炎をめらめら燃やしていた――そんな、男の子だった。

ふつうの、年相応の、恋する少年だった。

こんなところで死んでいいはずなんてない。

(あの黒いエネルギー……せめて、跡形もなく消滅させてやる)

ナイフを握りしめた。

聖王宮を出て第1聖区へと入った。エネルギー塊によってえぐられた場所に何人かの官吏が集まっている。その痕跡を追っていくと、「2の壁」へとたどり着いた。

「これは……!」

周囲数十メートルにわたって壁が崩壊していた。誰かの屋敷がもろに被害を受けており、建物は半壊し、広大な庭にがれきが散らばっている。

砂埃が舞って視界が悪い。助けを求める呼び声と、泣き声とが聞こえてくる。

（……クソッ）

あの場でエネルギー塊の方向を変えられたのはよかったけれど、その結果、ケガをした——あるいは亡《な》くなった人もいるかもしれない。そう思うと僕の心に墨を落としたようなもやもやが広がっていく。

「な、なんだこれは」

聞き覚えのある声に振り返ると、騎士団を引き連れたアルテュール様がいた。

「アルテュール様、ナイスタイミングです。そこの屋敷が崩れてケガ人が出ているようで、騎士団の皆様の力が必要です」

「ここはリビエレ公爵家のお屋敷じゃないか。みんな聞いたか。救助活動に入るぞ！」

ありがたい。こういうときには人手がとにかく必要だからね。

ふと、アルテュール様がルイ少年の護衛だったことを思い出したけれど、今言っても仕方のないことだ。

僕は黒いエネルギーのある方向——広い庭のど真ん中へと向かった。

手入れのされた芝生の庭は広く、植え込みが点在していた。今は土砂やがれきをかぶっていて見事な植栽は見る影もないけれど。

中央に、それはあった。

（……禍々《まがまが》しい）

黒い炎のようなエネルギー。僕の身長よりもずっと大きい。

僕が古ぼけたナイフを握りしめた——とき、炎の向こうに巨大な影が見えた。

（や、ばっ——）

そう思った瞬間には、僕は右に飛んでいた。ゴウッ、とすさまじい風圧とともに、巨大で、気味が悪いほどに長いなにかが横を通り過ぎていく。僕は風に吹き飛ばされて転がった。まるで真横を新幹線が通り過ぎたかのようだった。

長い。

長い長い長い長い——ってまだ続くのかよ⁉

終わりが見えないその身体《からだ》は、ヘビだ。

すでに頭部ははるか遠くにあり、体表は青を含んだ暗褐色の鱗《うろこ》で覆われている。

なんとも言えない焦げ臭さがあたりに漂う。

（環の蛇《ウロボロス》……！）

自分で自分の尾を食う、いにしえより地球の各地で伝わってきた存在。

その環《わ》から「死」と「再生」を想像させる。

だがこのヘビは、身体の途切れる気配がない。

「でやあああああ！」

起き上がった僕は、ウロボロスではなく、門のような炎へと向かうとナイフを叩《たた》きつけた。その刀身から青色の光がほとばしり、僕の手には細かい振動とともに刀身にヒビが入っていく感触が伝わってくる。

（もってくれ！）

このウロボロスや調停者はこの世界の存在ではないのだろう。闇のドームを壊すのもスィリーズ伯爵が持ってきた石を使わなければならなかった。ふつうの武器では干渉できない「仕組み」があるのだ。

ナイフを持つ手が熱くなってくる。火をつかんでいるような感じさえする。今日、僕の右手は酷使しすぎだ。

長くは続かなかった。ある瞬間に、いきなり黒い炎が収縮するとウロボロスの胴体を締め上げたのだ。

《――ッギィェエエエエエッ》

絶叫がはるか彼方《かなた》から聞こえてくる。

ウソだろ……もうあんなに遠くまで行ったのか。あっちって、第3聖区なんて余裕で通り越して第4街区か、下手したら第5街区まで行ってるぞ。

ぎちぎちぎちと胴体を締め上げる黒い炎は、やがてバスケットゴールほどの大きさにまでなると一気に縮んでヘビの胴体をぶち切った。

「うがぁっ」

黒い体液が噴射される。飛びのいたものの身体の半分にはびっしょり掛かってしまう。生臭くて気持ち悪い。毒性はないみたいだから魔法で洗い流すのは今は我慢する。魔力が少ないのだ。

びたんびたんとのたうっている蛇の胴体だけれど、その巨大サイズでやられると周囲の庭を掘り起こし、地響きを伴う。

ヘビを退治するなら……やっぱり頭か。

「遠いなあ、もう！」

ヒビの入ったナイフを拾い、僕は走り出す。

ヘビの身体は貴族の屋敷の塀を乗り越え、隣の建物にしなだれかかり、さらに向こうへ続いている。こんなのが暴れたら大惨事だ。

あのクソ調停者、最悪の置き土産しやがって……！

「お嬢様、『全員守れ』の対象は、ほんとに全員なんですかねえ⁉」

こんなにデカくなってしまっては、これ以上の犠牲が出てもさすがにどうしようもないんじゃないかと思う。

でも、それでも、お嬢様は僕にきっと期待するだろう。

レイジなら、死力を尽くすんでしょう？　と。

「尽くすよ、チクショウ……！」

あんな小さいお嬢様が、12歳の彼女が、涙をこらえて恐怖に耐えていたのだ。

ここで僕ががんばらなかったら、ウソだ。

全速力で駈《か》ける。僕の肉体はばらばらになりそうだ。

真《ま》っ直《す》ぐ伸びるヘビの頭へと至るショートカットは、当然ヘビの胴体をたどること。僕は胴体の上を走って走って走って、「3の壁」を越えて「4の壁」を越えて「5の壁」を越えた。中には半壊している家もあったけれど、中の人を助ける余裕は今、ない。

第5街区は庶民の街だ。

貴族街に比べればずっと耐久度の落ちる建物だし、しかも密集している。

ウロボロスの頭は、人出の多い大通りのど真ん中に落ち、身体は数十という家々をつぶしていた。

そこここで泣き叫ぶ声が聞こえ、悲鳴とともに逃げ惑う人たちがいる。

《ギイイエエエエエ》

そこで初めてウロボロスの顔をはっきり見た。

鎌首をもたげた頭は、そこらの家々よりもずっと高いところにある。

鱗と同じ色の皮に覆われ、赤の目が6つ。ぎざぎざとした角が4本生えている。口は大きく無数の鋭い歯が生えており、しゅるると長い舌を出し入れしていた。

「ひっ」

腰を抜かした女性と、抱きかかえた子どもがいる。ウロボロスは明らかに彼女たちをターゲットにしていた。

「これ以上やらせるか！」

僕はウロボロスの胴体を走り、跳躍、その勢いで身体を一回転させる。

学習済みの【蹴術】は身体に染《し》みつくほど訓練した。

「うおおおおッ！」

ローリングソバットがウロボロスの後頭部に直撃する。むちゃくちゃ、硬い。僕の足に激痛が走るけれど、即座に【回復魔法】で治癒。

ウロボロスは突如として走った衝撃に、前のめりに倒れる。通りに出ていた果物の屋台と串焼きの屋台をつぶした。

「立てる？　早く逃げて」

「ひっ」

女性と子どもに近寄ると、怯《おび》えられた。

僕の服、ボロボロでしかもウロボロスの体液まみれだったわ……。

（あー……ラルクが助けてくれたとき、僕も怯えて逃げちゃったんだよなー……）

4年前のほろ苦い記憶を思い出したけれど、4年も経《た》つと後悔は残っているものの、なんだか懐《なつ》かしささえ感じた。

ラルクのことを思うと、懐かしくて、胸の奥がきゅっと苦しくて——だけど僕の奥底から、力が湧いてくる。

あのときラルクが僕を守ってくれたように、今、僕は他の誰かを守っている。

それがとても誇らしい。

「皆さん、できる限り遠くへ逃げてください‼　このバケモノは第2聖区からここまで胴体があるんです！　ちょっとやそっと離れるだけだとすぐに追いつかれます！」

人々がワァッと声を上げて逃げていく。

ウロボロスはゆっくりと、顔を持ち上げ、僕を見下ろす。

僕を敵だと完全に認識したらしい。

さあ、どうする。これほど大きな敵を相手に有効な攻撃手段はなにかあるか？　武器が欲しいけど取りに行くような余裕は――。

「え」

ひゅんひゅんと回転して飛んできたショートソードをつかんだ。それはまさに、僕の私物だ。投げてきた方角を見ると建物の陰にゼリィさんがいる。

ゼリィさんは人差し指と中指をそろえると、鼻に当ててからついと僕へ差し出し、そのまま姿を消した。

（くう～～、やるじゃん、ゼリィさん！　これで賭け事にさえ手を出さなければ最高なんだけど！　あと部屋の掃除もちゃんとして！　お風呂《ふろ》にも入ってください！　お酒も飲み過ぎないで！　ああ、ダメだ、悪口しか出てこなくなっちゃう！）

ゼリィさんに、今日の天賦珠玉《スキルオーブ》授与式でなにかが起きるかもしれないから、警戒しておいてと言っておいてよかった。きっとこのまま陰から援護してくれるはずだ。

（あとは……どこまでやれるか、だっ！）

僕が剣を手にした直後、ウロボロスは顔を突っ込ませてくる。速っ。あのバカデカイ

図体《ずうたい》で、気づけば目と鼻の先に迫ってるとかアリかよ！

横に転がって攻撃を避けつつ、立ち上がりざまショートソードで斬りつける。

浅い。硬い鱗《うろこ》に攻撃が阻《はば》まれる。

「っ⁉」

顔が通り過ぎたので油断していた。胴体がうねって僕の身体に衝突する。

ふわりと宙に浮く感覚のあと、地面に叩きつけられて転がった。

「いっつう……」

ぎりぎりで後ろに跳んでいたのでショックを軽減できたけど、ダメージは残る。

これは厄介だ。今までこんなサイズのヘビと戦ったことがないから、どんな動きが来るか予想もできない。

かといって時間を掛ければ、ヘビが周囲の建物を破壊するだろう――なにせ寝返りを打つだけで家のひとつやふたつ、簡単に破壊できる大きさなのだから。

（僕ひとりでできるのか？　ショートソードで本気で斬りつけたら折れるだろうけど、手加減していたら致命傷を与えられない……）

となれば、折れる覚悟で一撃を見舞うしかない。

（どうする……なんとかして隙を作りたいけど、魔力の残量が心許《こころもと》ない……）

考え得る限り状況は最悪だ。

とにかく武器が弱い。だから一撃必殺を狙うしかない。

それでも——やるしかない。

「おおおッ！」

ウロボロスが突っ込んで来る。僕もまた一歩踏み込んだ。

がぶりと噛《か》みつかれる直前、今度はバックステップ。

距離の目算が狂ったウロボロスの口は空を切った。

「【土魔法】！」

ウロボロスの鼻先に出現させた岩塊は、ショートソードでは浅い傷しかつけられなかったその鱗を破壊し、めり込み、ヤツの頭をうがつ。

《カアアアアア‼》

ウロボロスは鼻先から血をまき散らし、声なき声を上げてゴロゴロと転がる。

通りの家々に激突していくつかが半壊し、いくつかの壁が陥没する。

（魔法は通る。竜よりマシだな）

４年前、竜と戦ったとき——僕は傍観者だった。

ダンテスさんたち熟練の冒険者が死力を尽くして戦い、天銀級《ミスリルランク》冒険者のクリスタがやってくるまで持ちこたえるのがせいぜいだった。

でも、それは4年も前のことだ。

この4年で僕は強くなった。

《シルルルルル……》

眉間から血を流したウロボロスは、舌を出し入れしながら僕を見据える。その瞳に浮かぶのは、憎悪《ぞうお》なのか、怒りなのか。

「……調停者も、お前も、よくもまあ好き勝手暴れてくれたものだよ」

崩れ去った家々を見て、ふつふつと湧き上がってくる思いは——マグマのように熱い感情だ。

「お前よりもずっと、こっちのほうが怒ってるんだよ‼」

【火魔法】を右手で放ち、左手で【風魔法】を加える。こうすることで火勢が大きくなり、ウロボロスが驚いて身体《からだ》を引く。

僕はウロボロスの頭の反対側へと走るが、6つも目があるのでさすがに捕捉された。

闇の塊が高速で僕へと飛来する。

1発、2発、3発——【闇魔法】を使われた。ステップを踏んでかわすと、闇の塊は石畳に触れるや爆発を起こす。

飛んできた、がれきと砂埃《すなぼこり》で視界が悪くなる。そこへウロボロスの巨顔が迫る。

「来ると——思った！」

ウロボロスは巨大な獣だ。その一方で多少の知恵が働く。火に怯え、敵を認識し、魔法を使う。そりゃあ、多少の策くらい弄するだろう。

残った魔力のほとんどを使って僕は魔法を——【水魔法】を発動させる。

その名の通り水を操る魔法であり、一方で、【火魔法】と対極にある低温を扱うこともできる。人によってはこれを「氷魔法」と呼ぶらしいけれど、「氷魔法」という天賦珠玉は存在しない。

地面に両手を突いた僕の目の前に分厚い氷壁が３枚現れる。

僕の体内で急速に魔力が枯渇《こかつ》していくのがわかる。

これで止める。

これでウロボロスを止める——。

「げっ……」

ウロボロスはまだ奥の手を隠していた。【闇魔法】が発動してウロボロスの巨体を包み込む。まるで鎧《よろい》を纏《まと》うように。

１枚目を簡単に破ったウロボロスは２枚目も減速しつつも破り、３枚目の壁に衝突し、ベキ、ベキベキベキ、とヒビが入ると氷壁はあっけなく崩れてしまう。

このままだと衝突する。

ウロボロスの顔面はすぐ目の前だ——。

チャンスだ。

魔法を使ったせいか、ヤツは口を開いていない。その眉間は先ほど僕が【土魔法】でうがった傷がある。

そして【森羅万象《ワールド・ルーラー》】によれば——いや、それがなくともわかる。

生き物の頭の中枢になにがあるか。

脳だ。

脳を破壊すれば死ぬ。

「うおおおおおおおおおおおおおおッ‼」

相討ち覚悟で、僕はショートソードを握りしめて突き出した。

傷口目がけて刃《やいば》の切っ先は吸い込まれる——手応え、あり。

脳を突き刺した感触。

その先でカツンと止まってしまったけれど、脳は切ったはずだ。

「ぐぶっ」

だけどウロボロスの勢いはそれで収まることがなく、僕は正面衝突する形で後ろに吹っ飛ばされた。10メートルか、20メートルか、わからないぐらい飛んで、バウンドして、視界が地面と空を行ったり来たりして、最後は背中を半壊した建物の壁にぶつけて身体は止まった。

痛い……身体中が。骨が折れなかったのは奇跡だな……。

だけど、ウロボロスは……。

ぼやけた僕の視界が捉えたのは、頭にショートソードを刺しながらも、鎌首を持ち上げて叫ぶ巨大なヘビの姿だった。

《ギィィイイイイイ‼》

（なんで。どうして。まだ生きてる……？）

僕は脳内で思考を巡らせるが、うまくいかない。考えられる有力な仮説は、脳がふたつ以上あること。あるいは、脳が破損しても動けるような別の器官があること——。

「マジ、かよ……」

そびえるがごとく高い空で、吠《ほ》えるだけ吠えたウロボロスは、ぎょろりとした目を地面へと向けた。

その目が見ているものは——僕だ。

「く、そ……」

両手に力を込めて身体を起こし、両足に力を込めて立ち上がる。

もう、立っているのが精一杯だ。

これ以上魔力を使えば気を失うというぎりぎりのところだ。

《シルルルル》

舌なめずりしているウロボロスに、嫌悪と、怒りと、理不尽を覚える。

これじゃあ勝ち目はない。だけど——少しはダメージを与えただろうか？　これから騎士団や冒険者たちがやってきて戦う、その踏み台くらいにはなれただろうか？

「……僕ひとりが負けても、他の誰かが、お前を倒すんだ……」

負け惜しみを言った。

武器さえよければそのままふたつ目の脳だかなんだかわからないが、ウロボロスを倒せたかもしれない。だけれど装備も実力のうちだ。あのショートソード程度が、僕の実力なのだ——。

「——坊ちゃん！」

遠くから、ゼリィさんの声が聞こえる。

ダメだ、ゼリィさん。こっちに来てはダメだ。

ゼリィさんが弱いわけじゃないけど、ゼリィさんひとりでどうこうなる相手じゃない。

見るとゼリィさんは、なんだか全力疾走した後のように肩で息をしている。いったいなにをしていたのか――いや、もうそれは関係ない。

「ゼリィ、さ、逃げ、て……」

声すらほとんど出なくて、あまりにもどかしくて――だから僕はその人の接近に気づかなかったのだ。

そのドレスが持つ緋色《ひいろ》は、瞳の色と同じだ。

流れるように美しい金髪は、これから先多くの男たちを魅了することだろう。

僕の前で、ウロボロスに向かって両手を広げ、立ちはだかった彼女が――なぜここにいるのか、僕には全然理解できなかった。

「待たせたのだわ、レイジ」

さっきまで聖王宮にいたはずのお嬢様は、貴族にとっての戦闘服とも言えるドレスに着替えていた。どうしてここにいるのか――その目的はすぐに明らかになった。

「これを届けに来たのよ」

顔を振り向かせて見せたお嬢様が、左手に持っていたのは——見覚えのあるきらびやかな装飾の施された宝剣だった。

伯爵の執務室に掛かっていたあの剣だ。

「お、お嬢様、なんで……ここは危険です。あまりにも——」

「わたくしだけでは、ないのだわ」

ザッ、と足音がする。

振り返るとそこには——マクシムさんを始めとするスィリーズ家の騎士隊が30人ほどそろっていた。

「総員抜剣‼」

マクシムさんの号令で騎士たち全員が剣を抜いた。

そんな。彼らが弱いとはけっして思わない。だけれどウロボロスは、ただのケガで済むような相手ではない。

見れば、剣の切っ先が震えている騎士もいる——僕が伯爵家に入り込んだときに、よく陰口をたたいていた人だ。

「ここで、お前ひとりに戦わせたとあってはァ！　スィリーズ家、騎士隊の名折れェ！」

マクシムさんが、叫ぶ。

件《くだん》の騎士の剣の震えが止まり——彼は僕を見て、力強くうなずいた。

——一度認められれば仲間になるのは早い。騎士というのはそういうものだ。

マクシムさんは僕に、そう言った。

今彼らにあるのは誇りとか、名誉とか、そんなキレイなものじゃない。

意地だ。

自らが騎士であるという、意地だ。

そしてひょっとしたら——ボロボロになるまで戦っている僕を見て、仲間だと、そう思ってくれたのかもしれない。

「者ども、行くぞォッ！」

オオッ、と叫び、騎士たちが突っ込んで行く。

だけれど彼らの攻撃はウロボロスの硬い鱗《うろこ》に弾《はじ》かれている。ウロボロスが身を揺するだけで数人が吹っ飛んでいく。

やっぱり、僕がなんとかしないと……！

「お嬢様、ここは危険なので避難を。僕は行きます——」

「レイジ」

そのとき、僕の腕に手が添えられた。

お嬢様の瞳に魔力が込められるのが見えた。

それは僕の身体《からだ》に染《し》みこんでくる。凍えた身体でお湯に飛び込んだように温かく、そして身体の芯から生命力があふれ出てくるような感じさえする。

いや、違う。

これは気のせいでもなんでもなく、お嬢様が僕に力を分け与えてくれているのだ。お嬢様が持つ「鼓舞の魔瞳」はただ闘争意欲をかき立てるものなのだと僕は勘違いしていた。意欲だけでなく、直接、相手に生命力を、魔力を与えることができる魔瞳なのだ。

「わたくしを、護衛にだけ戦わせて逃げるような主人にするつもりなの？」

ああ、お嬢様は、やっぱりお嬢様だ。

お嬢様は最初から武器を取るつもりで聖王宮を出たのだろう。そしてウロボロスの出現を聞くや、ゼリィさんに連れられ真っ直《ます》ぐにこちらにやってきた——でなければ間に合うはずがない。

お嬢様は信じていたのだ。

僕がウロボロスと戦っていると。

僕なら、「全員を守る」ために動くはずだと。

《シルルルルル》

突如として現れた騎士たちに一瞬警戒していたウロボロスは、たいして打撃を受けないとわかるとこちらを見据えた。

彼らを無視してこちらに進んで来る——と、マクシムさんが叫ぶ。

「食《く》らいついてでも押さえ込め！　せめて、レイジの剣が届くところまでは！」

騎士たちは剣を放り捨て、ウロボロスの身体にしがみついた。するとウロボロスの動きが鈍くなり、忌々《いまいま》しそうに騎士たちを見やる。

チャンスだ——。

「お嬢様。その剣、お借りします」

剣を抜き放つ。

閃《ひらめ》いた刀身は白く輝く銀色。天銀《ミスリル》で鍛造されているのだ。

風のようにお嬢様の横をすり抜けた僕は走る。

【腕力強化】、【背筋力強化】、【腹筋力強化】、【身体強化】、【疾走術】の組み合わせは慣れたものだ。

もう、回復になど力を回さない。

ウロボロスを倒す、その一点にすべての力を集中させる。

僕は一振りの剣だ。

お嬢様を傷つけようとする敵を、打ち倒す刃《やいば》だ。

「おおおおおおおおおおおおおおおッ‼」

【瞬発力強化】、【跳躍術】で地面を蹴る。

僕が吠えると、ウロボロスがハッとしてこちらを向く。

押し倒せ――とマクシムさんが叫ぶと、ウロボロスの身体がわずかにこちらへ傾く。

ウロボロスは僕に向けて口を開く。鋭い牙で噛《か》み砕こうとする。

でも、今さら開かれた口など怖くもない。

半身をひねってウロボロスの牙をかわし、刃を右の瞳に突き刺し――そのまま奥へと突き進んでいく。

「でええええええええいッ‼」

刀身の長さは十分にウロボロスの顔面の、半分以上にめり込んだ。切っ先は確かに、ショートソードが突き刺したさらに奥へと届き、断ち切り、僕は上方へと力いっぱい斬り上げた。

ウロボロスの顔面は半分ほどが斬り飛ばされて空を舞う。

やった――倒した。

「あ……」

身体にはもう、力が残っていない。僕の手から宝剣が離れ、宙でバランスを崩した僕は地面へと落下していく。

硬そうな大地が迫る。

受け身を取るほどの体力も残っていない――これは、ちょっとヤバイ、かも……。

「坊ちゃん！」

だけど、ぎりぎりのところで受け止めてくれた。

「ゼリィさん……来てくれると、思って、ましたよ……」

「へへへ。じゃあ、借金はチャラっすねぇ？」

にやりと笑ってみせたゼリィさんの目尻に、涙が浮かんでいた――ああ、この人にも心配を掛けてしまったな、と思いつつ……。

「レイジ！」

駈《か》け寄ってくるお嬢様が視界に入って――僕は気を失った。

第5章　少女の黎明《れいめい》と、父の冷血と

目が覚めると真っ暗だった。僕に与えられている私室は、手狭ながらもこの世界では十分な広さだった。

窓から射《さ》し込む光はか細く、ああ、「新芽と新月の晩餐会《ばんさん》」からほぼ1月《ひとつき》だから、新月前後なんだよな……そりゃ夜は暗いわ。

「お腹空《なかす》いたな……」

「……それならなにか用意させるのだわ」

「そうですか？　ありがとうござい——」

薄暗い中にその人の姿を確認して僕は「ひっ」と情けない声を上げてしまった。

「おおおおおおお嬢様!?」

「どうして驚くの？　わたくしが主《あるじ》であなたが護衛。そばにいるのは当然でしょう」

まったく当然ではないんだけど——それより。

お嬢様の目の下に、べったりとくまがあった。

ベッドサイドで看病――見守っていてくれたのだ。

僕の服は寝間着になっているし、誰かが着替えさせてくれたんだろう。身体もスッキリしているから汚れも拭ってくれたに違いない。

「お嬢様……魔力をコントロールできているようですね」

「お父様が、【魔力操作】の天賦珠玉《スキルオーブ》をくださったの。だから、あの巨大なヘビと戦うときにもあなたに力を上げられたの……うまくできていた？」

「はい、すばらしかったです」

護衛としては、あんな危険なところになんで来たのだ、と言わなければいけないところだろう。でも、たぶんお嬢様は伯爵からがっつりと叱られているはずだ。僕が今さら言う必要もない。

……と言うより、あのときお嬢様が来てくれなければ僕はヤバかった。来てくれて、すごくうれしかったのだ。

「レイジ……どうしたの？」

「……お嬢様、申し訳ありません。護衛の僕がお嬢様に守られるなんて……」

「いいのだわ。それよりもわたくしのほうが……愚かだったのだわ。レイジに、無理な命令ばかりして……わたくしは、ダメな主人よ」

「そんなこと、ありませんよ。お嬢様がダメだとしたら、護衛を持つ大半の人間がダメの烙印《らくいん》を押されることでしょう」

「レイジ……」

お嬢様が、いつもとは違ってしんみりしている。

「あの後、どうなりました？」

「ええ――あの巨大なヘビは、死後、灰になってしまったの」

「灰に……？」

「でも巨大な骨だけは残って、それは聖王騎士団が接収したようよ。……それで、レイジには申し訳ないのだけれど、巨大な骨が有用だとわかればそれを売却して、聖王都の復興資金に充《あ》てたいという申し出を受けているの」

「なるほど、いいアイディアですね」

「……いいの？」

「なにがですか？」

「あなたが倒したのに、あなたはなんの利益も得られない……」

僕は小さく笑った。

「お嬢様。僕はお嬢様の命令で行動しました。それにあれを倒せたのはお嬢様やマクシムさんたちがいたからこそです。僕の行動がスィリーズ家の行動であるのなら、スィリーズ家は貴族としての責務を果たすべきでしょう？」

「それは……。うん、ありがとう、レイジ」

「それはそうと、もう天賦珠玉をもらってしまってよかったのですか？」

「ええ。お父様は、こんな状況では授与式はまた延期だろうからって。これで文句を言う貴族がいたら懲らしめてやるって」

「はは……」

伯爵はいつから授与式では別行動をしようと考えていたのだろう——僕はふと思った。あのときの伯爵の行動は、２手も３手も先を読んでいたように感じられる。

「ルイ様は……どうなったのかしら」

お嬢様が、恐る恐るというふうに聞いてきた。

「亡《な》くなりました」

びくり、と身体を震わせたお嬢様だったけれど、それから静かに目を閉じた。

「……そう、なの」

「はい。ご存じなかったのですね……」

「わたくしの『鼓舞の魔瞳』を見てから、ルイ様は行動がおかしくなったの」

そんなことがあったのか。

お嬢様はルイ様の死を、自分のせいだと思っているのか。

気にしなくていい、とか、あなたのせいじゃない、とか、言おうと思えば言えるけれど、僕は言わなかった。うわべだけの言葉に意味なんてない。

僕が「一天祭壇《ファーストアルター》」に着いたときにはもう……もう、ルイ少年は死んでいた。

僕は自分の手のひらを見る。僕がすくいとれる命の数は限られていて、僕にできることには限りがある。

前世の16年と、記憶が戻ってからの4年、それなりの人生経験を積んだつもりになっていたけれど——全然、足りないよ。心が漬物石みたいに重くなって、僕をぎゅうぎゅうつぶそうとする。

「お嬢様」

でもお嬢様は、12歳にして、僕と同じ思いに苛《さいな》まれている。

「お嬢様はその魔瞳を使いこなせる人物になってください」

僕は「鼓舞の魔瞳」の力を実感した。

それは戦闘意欲をかき立てるだけでなく、病気の人や重傷者の治療にも使えるのだ。

魔力を分け与えることを魔法で再現できるとは聞いたことがないので、お嬢様の唯一無二の能力となるだろう――まあ、貴族が魔力を誰かにあげる機会などあるかはわからないけれど。

「……わたくしは、使い方を間違ったのね」

「そうではありません」

「いえ、きっとそうよ。でなければルイ様は――」

「ルイ様は、なにがあっても、絶対に『エヴァ嬢のせい』だなんて言いませんよ。それこそ死んでも言わない」

僕は確信していた。あのルイ少年が、見栄《みえ》っ張《ぱ》りで、ワガママな――ごくふつうの男の子が、好きな女の子のせいになんてするもんか。

「でも……この目がなければ」

「お嬢様、それは違います。その目は生まれ持ったものでしょう？　人は自分の生まれを否定はできない。でも生きる道は選べる」

前髪を上げ、小さく【火魔法】で火を点《とも》すと、ちょうど髪の付け根が見える。

そこは――そろそろ染髪剤《ヘアダイ》を使わなければなと思うほどには、黒い。

「僕の髪は黒いんです。そのせいで忌《い》み嫌われ、親に捨てられました」

「――‼」

お嬢様が目を見開いて悲痛な表情を浮かべる。

違うよ、お嬢様。僕はあなたの同情を買いたかったわけじゃない。

「でも今は毎日が楽しい。それは僕が、スィリーズ伯爵に雇われることを自分で選び、お嬢様と時間を過ごそうと決めたからです。他ならぬ僕自身が」

「……わたくしと時間を過ごすことを？」

「はい。ですから、すべてはこれからです。これからどうするかです。使い方さえ間違えなければ『審理の魔瞳』よりもずっと、多くの人に役立てることができます」

「……お父様よりも？」

「お嬢様の力は、他人を幸せにすることができます」

伯爵から、そうと言われたことは一度もなかった。でもあの人は「審理の魔瞳」のおかげで聖王からは重宝される一方、多くの人から嫌われた——そのことを、一度や二度は恨んでいるに違いない。

「……お父様は、すごい方なのだわ。わたくしには、伯爵家なんて……」

ぽつりと言ったお嬢様の双肩《そうけん》には、スィリーズ家の次期当主が掛かっている。

膝に置かれたお嬢様の手が、落ち着きなく開いたり閉じたりした。

「なら、止《や》めちゃいますか」

「――え？」

「伯爵家をなくせばいいんです。もともと領地もない貴族家ですから、ここで働いている人たちに十分なお金を渡し、爵位を返上すればお嬢様は自由です。改めて勉強して官吏を目指してもいいし、街で商売だってできるし、なんなら優雅に暮らして長い余生を過ごすこともできるし、危険がお望みなら冒険者という道だってある。お嬢様が望むなら僕はあなたを連れ出してみせましょう」

僕は、どうも伯爵は、お嬢様による爵位返上すら可能性として考慮しているのではないかという気がしていた。

「奴隷商」潰しもそうだし、天賦珠玉《スキルオーブ》授与式をブッチして勝手に与えたことだってそう。

伯爵はお嬢様のこととなると、貴族社会を軽視してでも実行する。

つまり伯爵は、貴族としての立場よりも、お嬢様が人間的に成長することを優先している――どころではなく、優先するあまり先を急ぎに急いでいる。

伯爵は去年のあの日、襲撃を受けて僕が救ったときに、もう、今生をあきらめたのかもしれない。次に襲撃があったらもう助からないかもしれない。

――貴族社会の荒波に11歳の娘がもまれて生きていけるはずがありません。

と言ったのは伯爵だ。逆に言えば貴族社会でなければ生きられる、とも考えられる。

「……レイジ」

だけれど、お嬢様は、

「わたくしはスィリーズ伯爵の娘。その道をまっとうするのだわ」

そう、断言した。

「貴族でなければできないことは多いでしょう？　そのすべてをやり遂げてから自由になるのでも遅くはないから」

迷いはなかった。両手をぎゅっと、膝の上で握りしめていた。

お嬢様ならそう言うと思った。

貴族としてどんどん成長しているお嬢様なら。

「そ、それでレイジ……」

「はい？」

「わたくしは、あ、あなたには、今後も……その、ずっとついてきて欲し――」

ぐぅー。

僕の腹がすごい音を立てた。

「…………」

「…………」

いや、しょうがないよね？　朝からずっとなにも食べてないし、なんだかんだ身体《からだ》を動かしたり血を流したりしたしね？

「はあ……そう言えばさっきも、目覚めて最初の言葉が『空腹』だったのだわ」

「ははは……すみません。厨房《ちゅうぼう》でパンでも食べますよ。……それよりお嬢様、なにか言いかけてませんでした？　お腹《なか》の音がすごくて後半聞き取れなかったんですが」

「‼」

するとお嬢様は、この暗い室内でもはっきりとわかるくらい赤くなると、

「わたくしも寝るのだわ！」

急に立ち上がって大きな声を上げた。

「そ、そうですか？　それじゃ部屋まで送ります――」

「要らないわ！　ひとりで行くの！」

「えぇ……」

護衛は僕ひとりとか、護衛は主《あるじ》のそばにいるもの、とか言ってなかったっけ……。

なんかよくわからないけどぷりぷりしたお嬢様は部屋を出て行ってしまわれたので、僕はその後に続いて部屋を出て厨房へと向かった。

スィリーズ伯爵は夜明けとともに帰ってきて、すぐに僕を執務室に呼んだ。入っていくと執事長は席を外すように促され、室内には伯爵と僕のふたりきりだ。伯爵は昨日の授与式で着ていたきらびやかな服のままで、その格好で一晩を過ごしたものと思われる。見た目からして疲れ切っているけれど、そんな姿でもイケメンはまた違った角度の魅力を醸《かも》し出すのだからズルイと思います。

「まずはレイジさん、昨日はお疲れ様でした。エヴァが騎士たちを連れ出したことを考えると頭が痛いですが、貴族の務めを果たしたと思えばなんとか納得できるギリギリの範囲ですね。レイジさんの身体は大丈夫ですか？」

ウロボロス戦のダメージは抜けきっていない。ヒビの入った骨は【回復魔法】でなんとかくっつけただけだし、身体中の打撲や内出血に伴う筋肉の断裂もまだまだ治ったとは言いがたい。

僕の身体は、パーツというパーツが壊れているロボットを、魔法によって無理矢理くっつけ動かしているだけだった。

だけど今、弱音を吐いていられるような状況ではないことを僕も理解している。

「問題ありません。伯爵も、なんだか大変だったみたいですね」

「大変……。そうですね、大変でしたね」

応接スペースにはソファが向き合って置かれてあり、伯爵は珍しくぐったりと背もたれに身体をもたせかけていた。

「レイジさんも聞きたいことは多いと思いますが、急ぎの話から先に伝えましょう」

「はい」

「聖王陛下があなたを召喚されました。私もいっしょに行くので、準備をお願いします」

予想外の話だった。

「僕が……聖王宮にですか？」

「本日の正午です。あの闇のドームのこと、星８つの天賦珠玉《スキルオーブ》、調停者のこと——つまり昨日起きたことのすべてについて強力な守秘義務が課されます」

「それはまあ、そうでしょうね」

「最悪、『聖王都から二度と出ない』といった、契約魔術が施される可能性もあります」

「なんですって⁉」

腰を浮かせた僕だったけれど、逆の立場になって考えればそれはそうかもしれない。僕はこの国の秘密を知りすぎた。そして貴族と違って僕は根無し草だ。

「でも……どうしてですか？　どうして伯爵は僕にそんなことを教えたんですか？　今この瞬間に逃亡を企てる可能性だってあるでしょう」

「レイジさんが聖王都を発《た》つことは想定しています。そして聖王陛下も同じお考えのようで、それゆえに半日の猶予をくださったのでしょう」

「……陛下も？」

「あなたにそれだけの恩を感じているのでしょう。調停者を食い止め、巨大蛇を倒した。その功績は……前例がないのでどう讃《たた》えていいかわかりません」

「調停者のときは、聖王陛下も十分強かったでしょう？」

「あれは理《ことわり》を破壊したからです。——順番が前後しますがその話をしましょう」

伯爵は小さく咳払《せきばら》いをした。

「あの闇のドームはこちらの世界と、我々が『裏の世界』と呼んでいる世界との中間地点に当たるものです。あのドームを作ることで『裏の世界』からこちらに干渉ができるようになると聞きました。あのドーム内は理によって、こちらの世界の者も『裏の世界』の者も互いに危害を加えられないようになっています」

「え？　調停者はどうなんですか？」

「調停者だけは例外で、『盟約』に従う限りあらゆる行為を認められている——と、私も昨晩初めて聞きましたよ」

伯爵も知らなかったほどのトップシークレットなんだ。

「レイジさんがあれを割ってくださったおかげで、理が崩れ、聖王陛下の攻撃も通じるようになったということでした」

「あの石はなんだったんですか？」

僕がドームに着いたとき、スィリーズ伯爵は石を叩《たた》きつけて割ろうとしていた。

「私も詳しくは知りませんが、『一天祭壇《ファーストアルター》』ができたのと同じ時代の石だそうです。聖王宮の資料庫に大事に大事に大事にしまってありました」

その「大事に大事にしまって」あった石を盗み出したんですね？　……とは聞けなかった。伯爵、にっこりしたウソ笑いで僕を見てるんだもん。聞くなっていう顔だよこれは。

「数千年の昔……我々が『神聖古代』と呼んでいる時代の話です。『一天祭壇』を所有する聖王家一族には、ある『盟約』が課された。それが星8つの天賦珠玉です」

「星8つの天賦珠玉――そんなものがほんとうに、あったんですね」

「はい。私も見てはいませんが……エヴァから聞いたことを話しましょう」

伯爵は神殿でなにがあったのか、教えてくれた。

僕や伯爵が到着する前の出来事だ。

一通り聞いて思ったことは――お嬢様の魔瞳が発動した後にルイ少年が星8つの天賦珠玉を欲《ほっ》したのなら、そりゃ、お嬢様はルイ少年の死を自分のせいだと思うよな……ということだ。だけど伯爵以外の人は、お嬢様の魔瞳が暴走したことを知らないらしい。つまりルイ少年はなぜか心変わりをした……という扱いになっているようだ。

「これまでの文献では、およそ100年から300年に1度、あの天賦珠玉が現れたようです。聖水色《せいすいしょく》を持ち、天賦珠玉を得ていない無垢《むく》の者が使うことで……この世界から姿を消します。『裏の世界』に旅立ったということかと」

「なんのために、世界を行き来できる天賦《スキル》が与えられるのですか？」

「わかりません。目的は不明です」

「……聖王陛下は、クルヴシュラト様が死ぬのを嫌がってルイ様に授けたんですか？」

「そういう側面がないとは言えないでしょう」

ふざけてる。

そんなことのためにお嬢様が悲しんでいるのもさらにバカバカしい。

「……しかしながら、聖王陛下だけを責めることはできません」

「なぜですか？　死ぬ可能性の高い毒薬を授けたようなものでしょう」

「ルイ様が立候補しなければクルヴシュラト様に授けられるはずでした。陛下は授与式の前日まで悩み、決心をしたと聞きました」

「でも！」

「決心をしても迷いは残っていたのでしょう。ルイ様は『機会は平等でなければいけない』と仰《おっしゃ》ったそうです。迷っているとき正論をぶつけられたら心が揺らぎますよ——それが親というものです」

僕は両手を握りしめた。

他にどうにもならなかったのか？

ルイ少年は「死ぬ」とわかっていたら断っただろうか？

いや「死ぬ」と決まっていたわけではない。「裏の世界」に行くと説明されたら、ルイ少年は天賦珠玉を進んで受け入れたかもしれない。

「聖王家はこの国の中心であり、強大な権力があります。ですが一方でそれに伴う非情な義務も受け入れているのです」

「……僕の功績は、ルイ様の犠牲で助かったクルヴシュラト様を守った、ということですかね」

伯爵の咎《とが》めるような視線に、僕は右拳を太ももに叩きつけた。

「すみません……クソみたいな言い分でした。忘れてください」

僕だって、自分の都合を優先して動いてばかりだというのに——お嬢様にも事情のすべてを伝えたわけでもないのに、聖人君子ヅラをするわけにはいかないじゃないか。

「いいえ、忘れませんよ」

僕がほとほと自分自身に嫌気が差しているというのに、伯爵は大真面目な顔で――ウソ笑いじゃない、ほんのりとした笑みさえ浮かべながら、そう言ったのだ。

「ようやくあなたも、人間らしいところを見せてくれたのだなとうれしく思いました。あなたと話していると、どうも14歳ではなく一人前の大人のように感じてしまいます。ですがあなたにも人間らしいところが、どうやらある」

「……それをあなたが言いますか?」

「私に流れている血は氷のように冷たいらしいので、私にそういった感情を求めるのは筋違いかもしれませんね。……ともあれ、聖王陛下は罰せられるわけではありませんが、今後あの御方《おかた》には多くの困難が待ち受けています」

「困難?」

「ひとつは、時間を置かずにまた星8つの天賦珠玉が現れる可能性です。12歳まで天賦珠玉を与えないのは、『無垢』である期間を12年、作り出すためのようです。その間に次の子ができていればよし、できていなければその聖水色を持つ子はなんのかんの理由をつけて天賦珠玉を使わずに『無垢』で居続けなければならないのだと聞きました」

「授与式という形を作って、他の貴族は付き合わされていたということですか」

「カムフラージュでしょうね。クルヴシュラト様には弟君がいらっしゃるので、天賦珠玉を与えられるでしょうが、事情を知ったご本人がどう思われるかは……わかりません」

クルヴシュラト様がルイ少年のことを思って、自己犠牲の精神を発揮したとしても——それは根本的な解決にならないのではないか。

悲しみの連鎖は続くのだから。

「聖王陛下に訪れる困難はあともうひとつ大きなものがあります。あの巨大蛇が第2聖区の邸宅を破壊したのですが知っていますか?」

「あ……はい。そこに行きましたから。確かリビエレ家とか……」

「そうです。そのリビエレ家が半壊し、倒れた壁に挟まれ、死んでいた男が問題でした」

「被害者……ってことですよね?　問題?」

「はい。その男こそ、クルヴシュラト様のソース皿に毒を盛った男だったのです」

「なっ……!?」

「つまり今回は被害者ながら、1か月前は加害者だったということですね。6大公爵家の1つ、リビエレ家がクルヴシュラト様の暗殺を企てた可能性が極めて濃厚であり、リビエレ公爵家のお取り潰しについて今議論が行われています。リビエレ家はこれに異を唱え、騎士を集めており非常にピリピリした状況……つまるところ、いつ内戦が始まってもおかしくない状況です」

★

聖王宮に行くべきか、行かざるべきか。

スィリーズ伯爵は「仮眠します」と言って自室に引っ込んでしまった——これはつまり「逃げるなら今」と言っているようなものだ。

これから起きるであろう混乱——６大公爵家のお取り潰しなんかを含めて、僕がここに残るメリットってなんだ？

（契約魔術を受け入れる代わりに莫大《ばくだい》なお金が手に入る、とか？）

そんなものは要らない。

（あとは『盟約』に関する情報）

興味はあるけれど、それは絶対に必要なものじゃない。

（つまりメリットなんて皆無ってことだよな）

反対にデメリットが大きい。契約魔術のせいで聖王都から出られなくなったら、僕はラルクヤルルシャさんを捜すこともできなくなる。

メリットとデメリットだけで考えたら、答えなんてひとつだよな……。

「おい、護衛……いや、レイジ。身体《からだ》はもういいのか」

お嬢様も眠っているのでお屋敷から外へ出ようとすると、そこにはスィリーズ家の騎士がそろっていた。

全員が全員、あちこちに擦り傷を作ったり、骨を折ったのか首から包帯で腕を吊《つ》っている人もいたけれど、ここには全員がいるので重傷者はいないようだ。

ああ、マクシムさんがいないけど、さっき見かけた。

「あちこちボロボロですよ……でも、生きています」

「そうか」

難しい顔をしていた騎士たちだったけれど、

「……お前に謝らなければならない。お前を、見た目と年齢だけで軽んじたことを」

「いえ——そんな。皆さんが来てくれて、ほんとうに助かりました。こちらこそ感謝を」

僕が頭を下げると、彼はぽりぽりと頭をかいた。

「お前がお嬢様の権威を笠《かさ》に着るようなクソ野郎だったら気が楽なのにな。真摯な態度を取るのなら、こちらも真摯に返さねばならん」

彼らは一斉に、握りこぶしを作って自らの胸に押し当てた。

「我らはスィリーズ家の騎士。我らの剣はスィリーズ家のためにある。だが……もしお前に困りごとがあれば、力を貸すと誓おう」

直後に全員が「誓おう」と声をそろえた。

不覚にもその言葉に、僕は胸がじんと震えた。

「……出かけるところだったのだろう？　止めてしまって悪かったな」

「いえ」

僕の肩に置かれた手は、触れるか触れないかという程度の柔らかな接触だった。騎士の優しさに見送られ、僕はお屋敷を出た。

こんなにもお屋敷の人たちに受け入れられることになるとは思わなかった。騎士の皆さんと話しているときも、執事長やメイド長、他の使用人たちもこちらを見て、にこやかに微笑《ほほえ》んでいた。

（いつの間にか、お屋敷の一部になっていたんだな……）

伯爵の言葉を考える。僕は聖王の呼び出しに従うべきか、どうか。

メリット、デメリットで言ったら僕は「逃げる」ほうがいいだろう。でも——物事のすべてがメリット、デメリットだけでは判断できない。

お嬢様のことを思えば僕には「逃げる」なんて選択肢は最初からあり得ない。伯爵はお嬢様のことは言わなかったけれど、あれは伯爵なりの優しさ——というより公平《フェアネス》さなんだろう。

逃げることを決めたとして、そんなお別れがツライものであることは、4年前、逃げるようにアッヘンバッハ公爵領を飛び出したときに経験済みだ。

(結局のところ、逃げ回っているだけじゃ問題って解決しないんだよな……立ち向かわなくちゃ)

4年前はその力がなかったけれど、僕は4年間で成長したのだ。

僕は、ゼリィさんのところへと向かった。

お嬢様率いる騎士たちを連れてきてくれたお礼をするために。

あと、まだ警戒を緩めないようお願いするために。

★

今朝焼いたばかりのパンはバターの香りが立っていて美味《おい》しそうだ。伯爵がコケモモのジャムを塗って食べている。頭を使う人は糖分を欲《ほっ》するのだろうか、伯爵は朝のお茶にも多めのハチミツを入れて飲む。そのくせまったく太る気配がない。

食堂に入ってきた僕に、伯爵は驚いたようだった。

「聖王宮へ行きましょう」

「……そうですか。いいのですか？」

「はい。伯爵、あまり眠っておられないようですが体調はいかがですか」

「万全からはほど遠いですが、今、ベッドで眠っていられる状況ではありませんので」

伯爵は食事をさっさと終わらせると身だしなみを整えた。正午まであと1時間という時間になって出発の準備が整う。

「レイジ！」

僕と伯爵がお屋敷の玄関で合流すると、吹き抜けの2階廊下からお嬢様が現れた。お嬢様はこの時間まで眠っていたようで、寝起きのようだけれど、服は着替えて髪は簡単に櫛《くし》を通している。

「お嬢様、お目覚めでしたか」

「レイジ、どこに行くの？」

階段から降りてきたお嬢様の瞳が不安そうに揺れる。

「伯爵とともに聖王宮に向かいます。昨日の始末に関する報告を行います」

「そう、ね……それはとても重要なことなのだわ」

「はい。ですのでお嬢様、本日はお屋敷にいらしてください」

「ええ……」

「エヴァ。君が心配することはなにもありません。私は貴族としての務めを、レイジさんは護衛としての務めを果たすだけですから」

「……はい、わかりましたわ」

「いい子ですね」

伯爵はお嬢様の頭を軽くなでると、僕とともに屋敷を出た。

ちらりと振り返ると玄関でお嬢様がいつまでもこちらを見送っていた。

「……娘に好かれたものですね、レイジさん」

馬車に乗り込むとそんなことを言われた。横に執事長がいるので話しにくい話題は止《や》めてください、伯爵。ほら、めっちゃにらんでくる。

僕らを乗せた馬車が第1聖区に入ると、入ってすぐ聖王騎士団に止められた。

「スィリーズ閣下、どちらまで？」

スィリーズ伯爵ならば顔パスで通れるはずだし、大体、聖王騎士団がいること自体が異常事態だった。

「聖王宮まで。陛下に呼ばれています」

「……少々お待ちを」

聖王騎士団がなにか確認を始めている。

開かれた馬車の窓から外を見ると、あちこちに騎士団がおり、彼らは小隊ごとに集合して異常がないか目を光らせている。

戦争でも始まろうかという空気だった。

「確認が取れました。お入りください」

許可が出て、馬車は進んだ。

「……伯爵。これってリビエレ公爵家のことが影響しているんですか？」

「はい。リビエレ家と縁のある家々が手勢を集めているようです。表向きは『自衛のため』と言っていますがね」

「そんなこと、自ら怪しいと言っているようなものじゃないですか」

「……幸いなことはリビエレ家の領地は聖王都からかなり遠いので、ここにはほとんど兵力がないということでしょう」

この聖王宮を密《ひそ》かに揺るがした事件が「一天祭壇《ファーストアルター》」の天賦珠玉《スキルオーブ》横流し事件だ。

伯爵はその調査を進め、多くのリビエレ派閥の貴族を処刑台に送り込んだ。

結果として伯爵も命を狙われた――。

（あれ……待てよ。リビエレ家の派閥がそれに関わっていた……？　さらに、リビエレ家がクルヴシュラト様の暗殺を計画した……？）

僕はなんだか、もやもやするのを感じた。なんだろう。僕はなにかを見落としているような……。

「聖王宮です。降りましょう」

伯爵の言葉にハッとする。

馬車から降りると、僕と伯爵のふたりだけが開放感のある入口から宮殿内部へと入る。

神殿のような石造りの宮殿を進み、奥へと通されると殺風景とも言えるほどのがらんとした部屋の中央に、大きなテーブルとイスが置かれてあった。

「質素な部屋でしょう？　聖王家は古い生活様式をそのまま引き継いでいるんです」

「なるほど……不便そうですね」

「夏は暑く、冬は寒い。不便極まりないでしょうね」

王として生まれても、贅沢《ぜいたく》ができるわけではないんだな……。

座って待つこと数分、聖王がひとりの神官と特級祭司のエルさんを連れて現れた。

調停者の攻撃で大変なことになっていた左腕には、包帯がぐるぐる巻きだ。【回復魔法】では治しきれなかったんだろう。

「来ないかと思ったぞ——ああ、いい。座ってくれ」

僕と伯爵が礼をとると、聖王はそう言いながらさっさと腰を下ろした。ふだんは護衛なので座ることなんてないのだけれど、今日は喚《よ》ばれた「客」なので座らせてもらう。

聖王は、この1日で何年も年を取ってしまったのではないかと思うほどにやつれていた。ぶっきらぼうな物言いや、王としての威厳は相変わらずあるけれど、どこか空元気のようにも感じられる。

ウサギのエルさんと神官は後ろに控えている。ウサギの顔色は正直よくわからない。

「さて、まずはスィリーズ家の護衛、レイジと言ったな」

「はい」

「ありがとう。お前の働きに感謝する」

率直な言葉だった。だけど、

「いえ、僕はスィリーズ家との契約に従って行動したまでです」

あなたのために働いたのではない。

「……あくまでもヴィクトルのために動いたのだと、そう言うのだな?」

「正確にはお嬢様のためです。こちら、お返しします」

僕は胸ポケットに忍ばせていたナイフを差し出した。

「……そうか。おい、これを保管庫に戻せ」

神官のひとりがうなずくと、ナイフを持って部屋を出て行った。

「お前の行動が伯爵家のためであったとしても、結果、国家のためとなった。これからお前に対する褒賞《ほうしょう》の話をしたい」

「はい」

「まず昨日の勇気ある行動を讃《たた》え、聖金貨1枚を贈呈する」

聖金貨1枚。およそ500万円ぶんくらいの価値だ。そんなもんかな、と思う気持ちと、僕の年俸が聖金貨3枚だと考えると少ないのかなと思う気持ちとがある。

「……なんだ、『少ない』って顔してるな?」

「い、いえ、そんなことは……」

「それほどまでに高い給金を出してるのか、ヴィクトル」

「優秀な人材には高い報酬を出すのが当然ですよ、陛下」

「チッ。だから俺はもっと高くしろって言ったんだ。だが、出納係が渋くてな……聖金貨1枚でも過去を見れば大盤振る舞いなんだと」

「過去にこれほどの大事件が聖王宮で起きたことはありませんから。戦争で活躍したとなれば話はまた変わりますが」

伯爵がそんなことを言って返すと聖王はますます苦い顔をした。

いや、ね？　僕だって「そんなもんかな」とも思ってるんですよ？　なんか僕が強欲みたいになってませんか？

「とりあえず褒賞は褒賞だ、受け取ってくれ。それと、市中で起きたあの巨大蛇の件については……」

「聞きました。素材の売却益を復興のための資金に充《あ》てるということですよね？　僕は問題ありません」

「……そうか」

言いにくそうにしていたので先回りして言ったけれど、聖王は逆に難しそうな顔だ。

「お前が納得してるならそれでいい。じゃあ、俺はこれから別の会議に出る。後の話はエルに任せる——ヴィクトル、お前もいっしょに来い」

「陛下、私は聞いておりませんが」

「リビエレ家のことを話さなきゃならんだろうが。聖王族、他の公爵家も集めてある」

「しかし陛下——」

「いいから来い。——ああ、レイジとやら。一応な」

立ち上がりながら聖王は言った。

「今回の件、後で契約魔術を使わせてもらう。守秘義務みたいなものだと思ってくれ」

来た、と思った。やはり契約魔術だ。

聖王と伯爵が連れ立って出て行くと、部屋には僕とエルさんが残された。エルさんは「え、よっこいせ」とか言って聖王が座っていたイスに座った。なかなか図太い人……ウサギのようである。

「え、まずはこちらの契約をご確認ください」

テーブルの上をつつーと滑らされてきたのは、契約魔術の紙だった。

契約魔術については予想されていた。

だからそれを受け入れるにしても、まずは中身を確認してからだと考えた。たとえば「生涯聖王都から出られない」なんていうむちゃくちゃな内容だったら、なにをおいても逃げるしかないし、「昨日のことは口外しない」くらいなら許容できる。

あとは内容について、どこまで相手方が譲歩してくれるか。交渉は可能なのか。その確認をしなければと思っていた。

「あの、エルさん。契約の内容なんですけど――」

「え、たいした中身はありませんが、気になるようでしたら契約しなくても構いません」

「……へ？」

「所詮、秘密を守らせるような契約は、え、いくらでも漏れが生じますから。人の口に戸は立てられぬものです」

僕が目を瞬《しばたた》いていると、紙は回収された。

え、ええ……？　僕の決意とか覚悟は……？　結構悩んだのに……？

「国の体裁上、必要というだけです」

エルさんが書面に僕の名前を書き入れると、ぱぁっ、と光って術式が発動した。

「え、それにこの程度の契約魔術は、『魔術抜け』と呼ばれる方法も存在しますからな。興味があれば、え、ご教示しますが」

「は……？　契約魔術を破棄できるんですか？」

僕ら鉱山奴隷があんなに苦しんだ契約魔術を破棄できるなんてことは思いも寄らぬことだった。

「え、教会関係者でも高位の者は知っているという程度ですが。教会では、お金を払うと罪や穢《けが》れを祓《はら》うという儀式を行うことができますな？　裸になって聖水で沐浴《もくよく》をするのですが、沐浴の手順が特定の契約魔術を解くプロセスに非常に近いのです。え、その際に、高い魔力を体内に循環させると、解かれてしまう契約魔術があります」

「は、はあ……なぜエルさんはそんなことをご存じなんですか」

「これでも長く生かされておりますから」

そのときばかりはウサギの目に感情が表れたように僕には感じられた。

それは一抹の、寂しさ——。

「え、ともあれ、この契約魔術は所詮は体裁を整えるためのようなものです。実質的には、昨日の話は広まったほうが、いいと思っております」

「……理由を聞いても？」

「秘密にし続けることに、え、さほど意味はありませぬ。聖王家が神秘的に見えるという程度でしょう。それよりも、え、天賦珠玉に関する知識が正しく広まったほうが、世界的に見れば利益かと存じます」

話のスケールが大きい。

「僕が知りたいことは、教えてもらえるということですか？」

「え、わたくしめの知る限りであれば」

「じゃあ、『裏の世界』ってなんですか？　あと『盟約』って？」

「『裏の世界』はこちらから見て『裏』と言っているだけです。え、この世界の反対に存在しているまったく同じ世界だと言われていますな。『盟約』は『裏の世界』と取り決めたルールだそうです」

いきなりさらっと答えが出てきた。ていうか世界が取り決めたルールってなに？

「え、もとより、『裏の世界』については現在は観測できませぬ。『神聖古代』と呼ばれる時代には行き来があったようですが、その往来を止めるために世界をつなぐ門を閉ざしました」

「ウロボロス……巨大蛇が出てきたあれが門ですか」

「環の蛇《ウロボロス》とは面白い表現ですな。採用しましょう」

服のポケットから取り出された紙束にさらさらとエルさんが書きつけている。なにかに採用されたらしい。恥ずかしい。

「ウロボロスが出てきたところをご覧になったのですな。え、あんな芸当ができるのは調停者だけでしょうな。今は盟約があるために、簡単に行き来できませぬ」

「調停者、というのは……もしかして『竜』もそれに当たりますか？」

「おや、よくご存じで。え、竜がこちらの世界の調停者です」

「竜は『古き盟約』に従って人間に罰を与えるとかなんとか言っていました」

「おや、竜と話をしたことが？」

ヤバッ、口を滑らせた――と焦《あせ》ったけどエルさんは僕なんて気にせず楽しそうに、

「え、非常に珍しい経験をなされましたな。竜はふだんは人里離れた場所におり、盟約が

守られているかを見守っていると聞いております」

「そこでまた盟約ですか」

「はい。盟約には何種類もあるようで、全貌はわかりません。天賦珠玉《スキルオーブ》は『神が与えたもの』……ですが一方で『循環するもの』でもあるとわたくしめは考えています。こちらの世界で消えた天賦珠玉は、『裏の世界』に行き、『裏の世界』で消えた天賦珠玉はこちらの世界に来るのではないかと、わたくしめは思います」

「――――」

ぽかんとしてしまった。そんなこと、思いもしなかったけれど、確かに植物のようにぽこぽこ生えてくるっていうのも変な話だよな。

いや、でも循環するのなら総量に限界があるということ？　人口が爆発したら天賦珠玉をもらえない人も増える？

「え、混乱させてしまいましたな」

「少し……」

「これは、実はわたくしめの発案ではないのです。『盟約』と『裏の世界』に関する古文書解読、及び『天賦珠玉』研究の第一人者であられたヒンガ博士という方が提唱したものです。もう、20年以上も前の論文でございましたな……」

その単語はあまりにも、突然僕の前に現れた。

「今、誰、とおっしゃいました……？」

僕の声はかすれていた。

「キースグラン連邦『フォルシャ王国の頭脳』と呼ばれていたヒンガ博士ですかな？　かの博士は、連邦内で争いがあり、王国は壊滅、その際に、行方不明になったはずです……え、残念ながら亡《な》くなられたようです」

僕の脳裏に浮かぶのは、鉱山の粗末な小屋にいる――孤独ながらも知性を漂わせる老人の姿だ。

死の直前にも、僕の幸せを願ってくれた。

公爵の父親の失態の尻拭いをしてやったとか言っていた。フォルシャ王国が崩壊しても死んではおらず、アッヘンバッハ公爵領に流れてきていたのだ。

（でも――そうなると、ヒンガ老人の最期《さいご》の言葉って……？）

あのとき僕は【森羅万象《ワールド・ルーラー》】をつけていたので完璧に記憶している。

――この身は、罰を受けるためにあり。死ぬことでは償えぬ罪を犯したゆえ。されど、今際《いまわ》にて日の光を浴びるほどの僥倖《ぎょうこう》に浴した。天地を統《す》べる万能の神よ、願わくはこの忌《い》み子に祝福を授けよ……。

ヒンガ老人はなにか「罪」を犯した？　それは天賦珠玉に関するなにか？　あるいはフォルシャ王国壊滅につながること？

たぶん……「忌み子」というのは黒髪黒目のことだろうけど。

「え、わたくしめは聖王に無理を言って、調査団を派遣してもらい、ヒンガ博士の著作を集めました。ほとんど残っておりませんでしたが、それらを写し、残りは血縁の方にお渡ししました。え、ヒンガ博士の論文はこれまでの常識を覆《くつがえ》すものが多く、興味を持っていただけたのならうれしいですな」

「ちょ、ちょっと待ってください！」

今、聞き捨てならないことをエルさんが言った。

「ヒンガ老人の血縁の方って⁉」

「老人ではなく、博士ですぞ。え、まあ、レイジさんから見れば老人かもしれませんが」

「す、すみません、言葉を間違えました。ヒンガ博士の親族が？」

「さようです。レフ魔導帝国という変わった国がありまして。かの国は情報統制が厳しく、なかなか外に情報が聞こえてこないのですが——え、そちらに娘さんが嫁がれていましてな」

ヒンガ老人の娘さんは、フォルシャ王国の壊滅時には国外にいたのだ。だから、難を逃れた。

「今もその娘さんはレフ魔導帝国に？」

「さあ、そこまでは……なにせ10年、いや、15年も前のことですからな。もし著作が見たいのでしたらここ聖王宮にも写しがございますが」

「……娘さんの連絡先を教えていただけませんか？　ええと、その、原本が見たいです」

「構いませんよ。え、エマさんとおっしゃいまして、旦那様がレフ魔導帝国の上級官吏でしたな。確か娘さんがひとりいらっしゃったはずです」

ルルシャさんだ。

情報統制の厳しいレフ魔導帝国。だからスィリーズ伯爵もルルシャさんの情報を得ることができなかったというわけか。

思わぬ収穫を得た僕は、ひとり、お屋敷へと帰ることを許された。

★　特級祭司エル　★

エルの背後にふらりと現れたのは、6大公爵家のひとりであるエベーニュ家当主であり、エタンの父だった。エタンによく似ており、きらびやかな服を着ているものの髪は複雑に編んでおりハーフリングとしての伝統も織り込んでいる。

「……エル様、レイジ殿は帰られましたか？」

「え、お帰りです」

「なにをお考えでしたか？　『災厄の子』についてですか？」

当主がするりと横に座ると、そちらに視線も向けずにエルは言った。

「……さようです。レイジさんが『災厄の子』であることはほぼ間違いないと思うのですが……この目で見ても、確信が持てません。彼からは、え、邪気が感じられません」

「文献にある内容が事実であれば、『災厄の子』は黒髪黒目であり、強大な力を持つと。一国すら滅ぼすこともあるということでしたが……彼は金に近い明るい色ですな」

「髪の色は変えられます。え、染髪剤《ヘアダイ》を使っているのでしょう——少なくとも黒髪黒目であることで、不利益を被ることがあると知っているということです」

「ではエル様はあの少年が『災厄の子』であると？」

「そうとは言い切れません」

「なぜ？」

「…………」

「確信したら、この場でケリをつける予定でしたのに……つまり見逃しましたね？」

スッ、と当主が手を挙げると、庭に潜んでいた2桁にも上る黒装束が立ち上がり、音もなく消えていった。護衛ではなく、衛兵でももちろんない、暗殺に特化した者たちだ。

「え、確証はありませんでした」

エルはエルで、レイジが黒髪の「災厄の子」だろうと思っている。調停者もまた「災厄の子」について口走っていた。「災厄の子」は殺すべし——それは国の上層部では当然の常識だった。

だけれど、エルは、そうはしなかった。

久しぶりにヒンガ博士の話ができて楽しかった？　エベーニュ家当主に言ったとおり、邪気を感じなかった？

（……いえ、我らを救うのに命を懸けた少年を、どうして傷つけられましょうや）

エルはそう考えている。だけれどそれは口にしない。貴族家の当主にそんな話をしたら鼻で笑われ、「ならばこちらで始末をしておきます」と言われるだけだろうから。

いや——そんな「きれい事」だけではない。

（調停者と戦った少年の力は、「理《ことわり》」の「外」にあるもの。あの力が聖王国に向いたとしたら……）

かつての文献には「災厄の子」がやがて本物の「災厄」となって多くの人々を殺したと

いう歴史的事実が数多く記されている。その脅威は、盟約によってそれなりにコントロールされている「裏の世界」による侵攻よりもずっと恐ろしいものだ。

でも、それでも——とエルは思う。

（子どものうちに殺された「災厄の子」はほんとうに「災厄」だったのでしょうか？　え、大切に育てれば、この世界に貢献できたのでは？）

その仮定は、もちろん「意味のない仮定」だ。口に出せばエルの首が危うくなるような危険思想でもある。

つまるところ、ヒンガ博士の論文がその発想に近い。過去に起きた悲惨な事実があったとしても、人の可能性を見誤ってはならないと——子どものうちに殺すことで「災厄」にならないのなら、さっさと殺すに限る、と考える貴族とは真逆のそれだった。

「……まあ、そのように聖王陛下にはお伝えしましょう」

口元はうっすら笑っているのに、そのハーフリングの瞳は恐ろしいほどに冷たかった。

★

僕がスィリーズ家のお屋敷に戻ると、なんとお嬢様は玄関ホールで待っていてくれた。

こともあろうに、そこにテーブルを運ばせてお茶をしつつ本を読んで……いやいや、急な来客とかあったらどうするの？

「レイジ！　よく戻ったのだわ！」

その後ろに犬の尻尾がちぎれんばかりに振られているのを幻視してしまうような歓迎ぶりに、注意することもできなかったよ……。

「それで……聖王宮ではなにがあったの？」

「気になりますか？」

「当然よ！　レイジはわたくしの……」

言いかけたお嬢様は視線を逸《そ》らしつつ、

「た、大切な護衛なのですから」

お嬢様、護衛を大切にされても困るんですが。粗末にされるよりはいいですけど。

「そう長くはいませんでしたし、特に問題はなかったと思います。陛下とお話ししたのも二言三言だけでしたからね……それよりも聖王陛下はリビエレ家のことで忙しいようで、伯爵を連れて行かれました」

「リビエレ家……？」

「はい」

僕はお嬢様に、一応、知っている情報のすべてを話した。

すると――お嬢様は、その可愛《かわい》らしい眉をゆがめてじっと考え込んだ。

その表情がみるみる変わっていく。初夏の晴天に、叢雲《むらくも》が現れ、太陽を覆って不意に暗くなったかのように。

お嬢様は青ざめ、そしてその唇は震えていた。

「……わたくしの思いつきを聞いてもらえる？」

それからお嬢様は長く、長く、「思いつき」について語った。

それは僕が感じていた「もやもや」の正体でもあった。


いまだ聖王都ではクーデターのようなものは起きていない。むしろ静かすぎて怖い。

伯爵が帰宅したのは夜もかなり遅い時間になってからだ。

僕とお嬢様はこの長い一日をじっと待っていた――伯爵が帰ってくるのを。

僕だけでなくお嬢様までもが帰りを待っていたことに、伯爵は瞳を細めた。

「……どういうことですか？」

「まずはお帰りなさいませ、お父様」

「ありがとうございます、エヴァ。今日は寝不足の上、少々神経を使ったので、早く寝たいと思っていましたが……そうはいかないようですね」

「申し訳ございませんわ。けれど、どうしても確認したいことがございますの」

「わかりました。セバス、お前ももう少し付き合ってください」

「はっ……」

執事長は僕をじろりとにらんだ。伯爵の健康を損ねるような真似《まね》をする人間は味方であっても容赦はしないのがこの人だ。

「それと、マクシム隊長も同席するように、お願いします」

「はっ」

伯爵の護衛で登庁していたマクシム隊長も来ることになった。

そうなると伯爵の私室は手狭で、来客用の応接室に僕らは向かった。

向かい合うソファに座ったのは伯爵とお嬢様のふたりで、執事長とマクシム隊長は伯爵の後ろに、僕はお嬢様の後ろに立つ。

「お父様、リビエレ家についてはどうなりましたか？」

「………」

伯爵はお嬢様の斜め後ろにいる僕をじろりと見る。

そうですよ？　教えたのは僕ですよ？　いずれ話さなければならなかったことでしょ？

伯爵は何事もなかったかのように答えた。

「クルヴシュラト様の『毒殺未遂疑惑』、それと『一天祭壇《ファーストアルター》』に関わる神官を買収し、星の多い天賦珠玉《スキルオーブ》を『横流しした罪』により、リビエレ家は聖王陛下のコントロール下に置かれることとなりました。かの家の当主は最後まで抵抗し他の公爵家もフォローしようとしましたが、聖王宮の神官が、リビエレ家との不正のやりとりを残していたので言い逃れはもはやできませんね。巨大蛇様々です」

その「不正のやりとり」とやらは、「天賦珠玉授与式」の日に伯爵が聖王宮で探していたものだろう。

するとお嬢様が、

「お父様、『クルヴシュラト様の毒殺未遂』と『天賦珠玉の横流し』のふたつに関しては、別々の事件です」

「……それはそうですね。ですがそれが？」

「黒幕も違うということです。お父様は無意識に『毒殺未遂疑惑』と『天賦珠玉を横流しした罪』とふたつの言葉を分けてお使いでしたね」

このとき——初めて、伯爵の顔に動揺が表れた。

「なにも意識せず聞いていれば、ともにリビエレ家が行ったものと考えてしまいますわ。

クルヴシュラト様のソース皿に毒を盛った犯人が、死体となってリビエレ家で発見されたこと。そしてその結果、捜査の手が入って神官買収の証拠が見つかったこと……このふたつが巨大蛇によってつながっているのでなおさらそうです。ですが、ふたつの事件は違いますし、実際に関係がなかったものとわたくしは思っています」

　お嬢様は淡々と語る。それは、言葉に感情をのせまいとしているようだった。

「お父様はクルヴシュラト様の毒殺未遂が、リビエレ家の手によるものではないと知っていたのでしょう？　ですから、無意識に『疑惑』という言葉になったのです。なぜならば、毒殺未遂事件の黒幕はお父様だからです」

　耳に痛いほどの沈黙が降りた。

　伯爵はただお嬢様を見守るように腕を組み、執事長は難しい顔で目をつぶり、マクシム隊長はあんぐりと口を開けていた。

　沈黙を破ったのはやはり、お嬢様だ。

「お父様はリビエレ家が『天賦珠玉の横流し』の黒幕だとわかっていましたが、手を出せずにいましたわ。相手はこの国有数の公爵家ですもの。ですからお父様は最初に、クルヴシュラト様の毒殺未遂を計画しました。――マクシム隊長」

　お嬢様が急に声を掛けたので、隊長は「は、はい」と甲高い声で反応した。

「先ほど確認したところレイジは知らないようなのですが、あなたはお父様から『新芽と新月の晩餐会《ばんさんかい》』に行く際、なんらかの薬を持たされていたのではありませんか？」

「え、あ、はい、『万が一にもないだろうが、あらゆる毒に効く万能薬だから、倒れる者がいたら呑《の》ませるように』って——あっ」

正解だったようだけれど、「余計なことを言うな」とばかりに執事長ににらまれたマクシム隊長は口元を押さえている。

「お父様としてはエベーニュ家のエタン様か、エタン様の護衛のどちらかが毒を見破ることを想定していたのでしょう。エベーニュ家の方々の毒物に関する知識は、聖王国でも随一ですから。最悪のケースで、クルヴシュラト様が毒を呑んでしまったとしても、マクシム隊長が治すことができますわ。ですがその場合、マクシム隊長の行動はあまりに怪しくなってしまうのでその後の行動が制限されてしまいます……そして実際にはレイジが毒を見破ったことでお父様の行動は制限されてしまいましたわ」

毒を見破る、毒を消すというのは「お前が犯人だろ」と言われてしまう諸刃《もろは》の剣だ。ゆえに、伯爵の次の一手はほとぼりが冷めるまで待つしかない。

「毒を盛った男はすぐに……殺してしまったのでしょう？　その男を冷凍魔道具で保存しておけば肉体を保《も》たせることができます。ほんとうは、エベーニュ家に毒を見破ってもらい、お父様がリビエレ家で男の姿を目撃した、などと言い、リビエレ家で男の死体が発見されれば大手を振ってリビエレ家の捜索をする――そういう予定だったのでしょう。男の死体はお父様が確保しているのですから、いくらでも証拠をねつ造できますわ。お父様はリビエレ家が天賦珠玉の横流しについて、黒幕である確信を持っていて、お屋敷を捜索すれば証拠が出ると思っていたのですね？」

伯爵にはマクシム隊長以外の手の者――諜報《ちょうほう》に関わる人間がいるに違いない。でなければ伯爵みたいな手広い仕事、できるわけがない。

「見事な推理です」

伯爵は――穏やかに笑った。

否定も肯定もしなかった。

「もう……すっかり貴族なのですね」

「……お父様の教育のたまものですわ」

「いえ――」

伯爵はちらりと僕を見た。

「……エヴァが、必死で考えることを覚えたのでしょう。誰かさんのせいでね」

僕ですかね。違いますよね？

「伯爵、僕も一点聞きたかったのですが」

「なんでしょうか。誰かさん」

やっぱり僕ですか？

「……天賦珠玉の授与式で、横流し犯である神官について伯爵は調査していたんですよね？　なぜその神官は天賦珠玉の横流しなんていうことをしたんですか。大罪だということは、わかっていたんじゃないですか？」

「簡単なことです。お金ですよ。……エヴァも心しておくように。世の中の大半はお金で片がつきます。そして人々はお金によって身を持ち崩し、人生を狂わせるのです」

お嬢様と伯爵の視線がぶつかり合う。

今、お嬢様がなにを考えているのかはわからない。僕にこの推測を——そしておそらく真実を——打ち明けてくれたときには、今にも倒れそうなほどに青ざめていた。だけれど今、お嬢様は覚悟を決めた顔をしている。

「不正をただすためにお父様もまた不正に手を染めたのですか。法の手の届かないところで、人の命を奪いました」

こんな言葉をお嬢様に吐かせなければいけなかったのか——僕は何度も自問自答した。

僕だって伯爵の行動がおかしいことにうっすら気づいていたし、どこかもやもやした疑念を抱えていた。でも、僕より先にお嬢様が気がついてしまった。

まだお嬢様は12歳だ。

いくら「大人」になったとはいえ、なってすぐに「大人」の汚さを見せ、義務を負わせなければいけないのか。

伯爵がキレイなウソで煙《けむ》に巻いて済ませればよかったんじゃないか。僕が余計な情報を与えなければよかったんじゃないか。

それでもお嬢様なら……後になって、数か月か数年かはわからないけれど、自分で真相にたどり着くかもしれない。そのときこそ父娘《おやこ》で対決したらいいんじゃないのか?

こんなの、つらすぎる。


「はい」

伯爵は、刃《やいば》を呑んだはずなのに、茶でも飲んだくらいの涼しげな顔だった。

「毒を盛った男は、もともと処刑されるはずの男でした。天賦珠玉の横流しに関わっていた貴族家の男です。男は自分の罪を理解しており、その咎《とが》が、自分の金で贅沢《ぜいたく》をさせていた妻や子どもにも及ぶとわかっていました」

きっと伯爵は取引を持ちかけたのだ……お前が命を差し出せば、妻子は不問に付すと。

そう持ちかけられては断れるはずがない。

「お父様、罪は法によって裁かれなければなりませんわ」

お嬢様は苦しげに言った。法によって裁くということは、なにも知らずに贅沢をし、なにも知らずに難を逃れた毒殺未遂犯の妻や子どもを牢獄《ろうごく》に入れるということになる。

「そのとおりです。きっとリビエレ家も裁かれましょう」

伯爵の対応は、まさに貴族としてのそれだった。

伯爵はお嬢様を「大人扱い」している。「大人」として扱う以上は、けっして本心を見せないということだ。

たとえ、たったふたりしかいない父娘であったとしても。

「…………」

お嬢様の横顔がゆがんでいた。泣きたいのをこらえているような顔だった。

お嬢様は、伯爵がすべてを話してくれるのだと期待していたのだろう。だから正面きって話をしたのだ。

「エヴァ。誰しもが認める『正義』は存在しません。あなたが『不正』と信じて叩《たた》きつぶした人材斡旋《あっせん》所も、身を売ってでもお金を手にしたい人にとっては『正義』だった」

「口先だけの詭弁《きべん》で誤魔化さないでください」

「あなたは今回、自分で動いてどんな『真実』を知りましたか？　すべてはレイジさんから聞いた『情報』でしかないでしょう?」

「それは……」

「レイジさんがウソを吐《つ》いている可能性は?」

「ッ⁉」

びくりとしたお嬢様が、怯《おび》えたように僕を見る。

(……伯爵、それはないでしょうよ)

今回のことは、ある意味で「親子ゲンカ」なのだと思っていた。お嬢様が怒り、伯爵が許しを乞う。そんなふうに簡単に収まったらどれほどよかっただろう。

僕だって伯爵の立場を理解している。伯爵は、真にこの国を思うからこそ、この国の中枢である「一天祭壇」の不正をなんとしてでも排除するべきだと思ったのだ——自分が罪に手を染めても。

でも、そのことと、僕とお嬢様の関係性はまったくの無関係だ。僕を巻き込むのなら、僕にだって考えがある。

「伯爵。今日をもってスィリーズ家の護衛としての任務を降ります。契約期間中のことですので給金はすべてお返しします」

「⁉」

お嬢様が今度は驚きに顔を染める。

「だから、僕とスィリーズ家との関わりはもはやなくなり、利害関係が消失しました。

——お嬢様、僕はなにひとつあなたにウソを吐いていません。今朝、あなたに告白した僕の秘密を知っているでしょう？」

そこまで話して、お嬢様もまたハッとする。

「……ごめんなさい、レイジ。取り乱したわたくしが悪いのだわ。あなたがウソを吐くはずなんてないもの。だから、護衛を辞めるなんて言わないで」

「そうですよ、レイジさん。あなたが護衛を辞めたら、あなたの望むものも手に入らないでしょう？」

僕が望むもの——それは「情報」だ。だけど、予想もしなかったエルさんからそれはもたらされた。

「いえ、伯爵。今日ひとつ手に入れました」

「……なんですって？」

「だからどのみち……そう遠くないうちにはここを離れる必要があったのです」

「レイジ、どういうこと？」

「お嬢様、これはまた後で話します」

「…………」

お嬢様は「納得できない」という顔をしていたが、

「きっとよ」

と最後は納得してくれた。

だけれど、

「それは、ある意味で都合がよかったのかもしれませんね」

十分な余裕とともに伯爵は言った。

「どういう意味でしょうか」

僕はこのときこそ——ほんとうの意味で「冷血卿《きょう》」とはなんなのか、その本領を知ることになる。

「6大公爵家というのはなかなか厄介で、証拠が出そろってもなんのかんのと言って反抗するのです。そのために聖王陛下が出張ってもそう簡単にはお取り潰しとはなりません。ましてや今回のことは、私が——たかだか伯爵家がだいぶ出張りましたから、リビエレ家以外の公爵家からも反発が強いのです」

「……いったい、なんの話ですか？」

「つまるところ、なんらかの形で『痛み分け』のような……見せしめのようなものが必要なのです。それは、たとえば、活躍した英雄の身柄であったりですね」

ぞわりと僕の背筋になにかが這《は》ったような感じさえあった。

「時に、レイジさん。あなたは私に隠していることがありますね？」

伯爵はすでに僕の秘密を知っているのだ。いつから？　もしや、最初から？

「エベーニュ公爵家が、黒髪黒目の『災厄の子』を我が家に滞在させていると主張しています。『災厄の子』は見つけ次第、公にしなければならないという不文律があるのです。その人物を差し出すのならば滞在させた罪は見逃そう、と……確かにあなたが、もう、護衛でないのならば、守る理由もなくなりますね？」

そのとき、窓の向こうで、夜も遅いというのに多くの人々が騒ぐ気配があった。

「ふむ……明日の昼にしてくれと話したのに、なんとも気の早いことです。エベーニュ公爵家の手勢がやってきたのでしょう」

もう、話はついているのだ。

この人は一体、何手先まで読んでいるのか。お嬢様に糾弾されることを知っていた？

いや、知らずとも、もしかしたらこの人は――。

（自分からお嬢様に告白するつもりだった？）

それだけの覚悟があったのなら、伯爵からすればお嬢様が自ら真相を見抜いたことはむしろ——喜びだったのか？

「エヴァ、レイジさん。あなたたちはどうしますか？　今もってなお『正義』を叫びますか？　それとも『不正』を知りつつ『大義』をなすための手伝いをしますか？」

それはつまり、伯爵はお嬢様と僕に「仲間になれ」と言っているのだ。そうすれば——僕を守ってやると。

第6章　悪意の真意は懇意の中に

【聴覚強化】によって僕の耳が屋外での喧噪《けんそう》を捉える。かなりの人数……3桁はいそうだ。それほどの数がお屋敷の門に集まっており、今はマクシム隊長の部下である騎士たちが対応しているが、向こうが本気を出せばすぐにも破られるだろう。

エタン様のエベーニュ公爵家が、それほどまでに黒髪黒目を敵視しているというのは完全に想定外だった。今日の話し合いの着地点は、伯爵が折れず、お嬢様はふてくされるものの、結局はふたりしかいない父娘なのだからどこかで折り合いをつけてくれるだろう

──という楽観的なものだった。

だけれど伯爵はその先に向けてすでに動き出していたのだ。

「お父様！　あまりにもひどいのではありませんか⁉　お父様はレイジに命を救われ、昨日だってレイジがいなければ多くの者が……！」

「お嬢様、いいんです」

「でも！」

「お嬢様が怒ってくれたという事実だけでうれしいです」

僕が本心から思ってそう言うと、お嬢様は悲しげに僕を見た。

(ほんとうに、それだけでうれしいんですよ、お嬢様)

味方がいる。心から信頼できる味方がいる。それがどれほどまでに僕を勇気づけてくれるか——伯爵、あなたは知らないでしょう?

「レイジさん、ずいぶんと余裕がありますね」

「ええ。先ほど言いましたよね。僕はもうこの伯爵家とはなんの関係もないと」

「つまり、今すぐ出て行くと? あそこにいるのはエベーニュ公爵家の手練《てだ》れですよ」

伯爵が眉をひそめたのは、僕が自分の実力をおごっていると思ったからだろうか。

マクシム隊長が強《こわ》ばった顔をしているのは、昨日のウロボロス戦を知っているからかもしれないな。伯爵はその報告を受けても、実際に目で見るのとは違うということだ。

「伯爵。僕が知りたかったふたつの情報を、あなたは手に入れられなかった。いや、星8つの天賦珠玉《スキルオーブ》については、かすってはいますが、僕が望んだものではなかった」

「なにを言いたいのですか?」

「僕にとってそのふたつの情報は、ほんとうに必要だったんです。伯爵家の栄光に守ってもらうことも、分不相応に高い給金をいただくことも、そんなものは要らないほどに」

ハッ、とした顔で伯爵は目を見開いた。

それが、まず第1のあなたの誤算ですよ、伯爵。あなたはとても聡明《そうめい》で、予言者のように先を読むことができるけれど、それでも誤算はあるということを知らなかった。

「僕は、この国の未来になんてさほど価値を感じていません。自分がのびのびと生きていける場所が他にあるのなら、僕はこの国を去るだけです」

「……なんの未練もないと？」

「ありますよ。でもその未練は、お嬢様ただひとりです」

僕はソファを回って、お嬢様のすぐ横に立った。

「お嬢様。僕といっしょに行きませんか？　世界は広いです——すべてを見て回るには一生をかけても足りないくらいです」

お嬢様の目が見開かれた。

差し出した僕の手を見つめ、それから僕の顔を見る。

伯爵は——なにも言わなかった。むしろ執事長とマクシム隊長がうろたえている。

伯爵にとってお嬢様が大事ではないのかと言えば、そうじゃない。

彼は自分の身を滅ぼしてもお嬢様を守りたいと思うくらいの親バカだ。

では、どうして止めに入らないのか？

「――行くわ」

お嬢様が手を取り、立ち上がった――。

そのとき初めて。

ほんとうに初めて、伯爵がうろたえた顔を僕は見た。

「な、なんだって……？」

伯爵は、お嬢様が手を取らないと知っていたのだ。だというのにその知識は、裏切られた。

「伯爵。今日、伯爵が留守の間に僕らは教会へ行きました。そこで、お嬢様と伯爵が交わした契約魔術を解除したのです」

「そんな、そんなことが……‼」

あの眉目《びもく》秀麗な伯爵が顔をゆがめている。

「……執事長とマクシムさんを見るに、伯爵本人しかご存じなかったようですね」

お嬢様に契約魔術が掛けられているのではないか――と僕が気づいたのは、まさに今日だった。お嬢様が伯爵への疑惑を推測したとき、ひどく苦しそうだったから。

お嬢様は、「父親を裏切らない」契約魔術を掛けられていたのだ。

エルさんは言っていた。教会で沐浴《もくよく》することで契約魔術を解けることがあると。

お嬢様は多くの魔力量を持っていて、しかも【魔力操作★★★★】なんていう天賦《スキル》もあったので契約魔術は無事解除できた。

たぶん——だけど、エルさんはふたりの契約魔術を知っていたんだ。いくら執事長やマクシムさんに隠すことはできても、契約魔術を実行するには誰かの力を借りなければならない。それが、エルさんだとしたら？

十分あり得ることだと思えた。わざわざ確認したりなんて、しないけれど。

「エヴァ、ならば、お前は」

「すべてを思い出しました……わたくしが、お母様を殺してしまったのですね」

なぜ伯爵が契約魔術なんてものに手を出したのか。

かつてお嬢様は、母親の死について、当時お屋敷にいた執事から偶然聞いてしまったらしい。そして大きく取り乱した……。その記憶を封印し、父娘《おやこ》の関係に平穏をもたらすために伯爵が選んだのが、契約魔術だった。

記憶を封印するだけでなく、互いに、父親を裏切らない、娘を裏切らない、といったことも付け加えてあったのだろう。

ただ問題は、「本人が裏切ったと感じたかどうか」が重要で、伯爵がお嬢様に秘密を持つことは「娘のためを思った」ことなのでセーフで、お嬢様が伯爵を疑ったことは「父への疑いは裏切りかもしれない」と感じてしまったためにアウトだった。

お嬢様が沐浴から戻ってきたばかりのときは、特に変わったところも見えなくて契約魔術なんてものはなかったのかなとさえ僕は思った。

だけれどお屋敷の自室に戻ってからお嬢様はすべてを僕に打ち明け、僕にすがりついて泣いた。泣くだけ泣いたあとは、「もう大丈夫なのだわ」と笑ってみせた。

――実は、お母様が亡《な》くなったのはわたくしの「鼓舞の魔瞳」が原因なのでは、と以前から考えていたから。

と言った。

「違う！　お前はなにひとつ悪くない！」

「わたくしは大丈夫です。ちゃんと自分の罪にも向き合うことができますから。それよりも大切なことは、わたくしもお父様も、互いへの依存を止《や》めるときが来たということですわ。わたくしは親離れを、お父様は子離れをするときなのです。あんな魔術に頼らずとも、スィリーズ家の者ならば己の足で立ち、歩いていくことができますから」

「だが、だが、お前がこの家を出て行く必要なんて！」

「……レイジ、行くのだわ」

「はい」

僕はお嬢様とともに伯爵に背を向ける。

「エヴァ‼　エヴァァァァァァッ！」

伯爵の悲痛な声が耳に痛い。立ち上がって追いかけてこようとする伯爵に、首だけ振り向けて僕は殺気を放った——伯爵はその場にくずおれ、昨日の戦いを知っているマクシム隊長もまた怯《ひる》んだ。

僕らは部屋を出た。扉が、閉じられた。

廊下を歩いて行く。伯爵から離れていく。娘が、父から遠ざかる。

(伯爵はなによりお嬢様が大事だった……それは絶対に間違いのないこと)

お嬢様の成長を——「父を疑う」ということさえ「娘の成長」だと受け入れていた伯爵は、お嬢様が心の底では絶対に父親を裏切らないと信じていた。

契約魔術があったからだ。

「……レイジ」

「はい」

「お父様のしたことは、間違っていたの？」

伯爵はこの国のために尽くし、お嬢様のために尽くした。

たとえそれが周囲から見て「悪」だと思われることでも、伯爵にとっては真に正しいことだった。

僕は、伯爵を恨んだりはしない。嫌いになりもしない。むしろ、

（なんて不器用な人なんだろう）

とさえ思い、同情した。

僕が、あの人をもっと頼って、その庇護《ひご》下に入ることが伯爵にとってすばらしいことだった。だからあんなふうに脅迫まがいのことを言ってきた。

でもそれは僕にとっては悪意にすら見えることだった。

その真意が、「レイジさんを守りたい」という懇意によるものだとしても。

「間違っていませんよ。あなたのお父様はとても立派な方です」

僕らは玄関ホールにたどりつく。外での騒ぎに怯《おび》えたメイドや執事たちがいる。

「それなら……」

お嬢様は伯爵邸の大きな扉の前で、重ねてたずねる。

「わたくしのしたことは間違っていた？」

扉を開けば薄月の夜は暗く、スィリーズ家の騎士たちが集まり、多くの魔導ランプが門

までのアプローチを照らしていた。

門の向こうには100人ほどの騎士が集まっていて、あちらもあちらで魔導ランプが光を灯《とも》していた。

「いいえ。あなたが間違ったことをしたなら、僕は全力で止めていますよ」

僕とお嬢様が歩き出すと、それに気づいた騎士たちが制止の声を掛けてくるが、無視してどんどん前へと進んでいく。

「——ここにレイジという護衛がいるだろう。彼を出してくれれば済む話だ」

「——こんな夜更《よふ》けに来ること自体が非常識でしょう」

門のところではエベーニュ家の騎士とスィリーズ家の騎士とが押し問答している。

近づいてきた僕らに気がついた彼らは、ハッとする。

「レイジ……手を」

「はい」

僕はお嬢様の手を握った。信じられないくらい冷たかった。お嬢様が今もなお、無理をして、不安を抱えていることを僕は知った。せめて僕の体温が伝わればいい。

お嬢様は僕を引っ張るように進んでいき、門から数歩のところで立ち止まる。

「レイジ」

「あなたは……伯爵家を出たわたくしでも、護衛してくれるの？」

「はい」

「喜んで」

僕の答えに満足したのか、お嬢様は凜《りん》とした声で言った。

「あなたたち、門を開けなさい」

「しかし、エヴァ様」

「わたくしの命令です。門を開きなさい」

「エヴァ様！　ここでレイジを渡してはなりません！」

スィリーズ家の騎士が言うと、お嬢様は少しだけ頰を緩めた。

「あなたたちも、レイジのことを心配してくださるのね」

「……はっ」

「でも、大丈夫。あなたたちがお父様の命令に背くことのほうが問題なのだわ。だから、今は門を開けて」

「……わかりました」

お嬢様の言葉に、戸惑いながらも騎士たちが門を開いた。

向こうには油断なく僕を見ている騎士たちがいる。ヒト種族だけでなくハーフリングも多く混じっていた。

「エヴァ嬢、ごきげんようだべな」

そこから出てきたのは、誰あろうエタン様だった。

「どうぞレイジ殿をお引き渡しください。伯爵にはこの旨、お伝えしてあるべな」

エタン様の表情が硬い。「新芽と新月の晩餐会」でも、その後のお茶会でも、場の空気を和ませ、けっして出過ぎることはなく、柔らかな感性で話を回していたエタン様が——そんな顔をするなんて。

これを命じたのはエベーニュ家の当主だろう。

彼らは、とことんまで貴族なのだと僕は知った。

僕が調停者、ウロボロスと戦ったことを知っているから、顔を知っているエタン様にならすぐに攻撃をしないだろうと考え、彼を派遣したのだ。

「ごきげんよう、エタン様。レイジはもはや伯爵家とは関係がなくなりましたわ」

「そうだったべな……ならば、なおさら問題はないな」

「レイジを連れていってどうなさるのですか？」

「……それは言えないべ」

「殺すのですか？」

エタン様がピクリとした。

……殺すのかよ。怖いな。というかあっさり人の生き死にを決めてくれるよね。

「渡すわけにはいきませんわ。レイジはわたくしにとって、とても大切な……護衛《ひと》ですから」

お嬢様は振り返って僕を見上げた。その目に光が点《とも》る——それは温かな感情だ。僕の心を熱くし、戦う意欲を湧き上がらせる。

僕はそれが「鼓舞の魔瞳」であることを知っている。お嬢様の生まれもっての力であり、お嬢様が悩むことになった原因であり、そして、お嬢様の未来を変える可能性を持った力だ。

「レイジ。ここにいる全員を倒せる？」

お嬢様の無邪気な質問に、エタン様はぎょっとして、騎士たちは殺気立った。

「本気を出せば、問題ありません」

それは客観的な事実だ。この世界では100人の黒鉄級《アイアンランク》冒険者よりも、1人の純金級《ゴールドランク》冒険者のほうが強い。

それほどに、天賦の差が大きい。

つまるところ、目の前の騎士たちが全員で掛かってもウロボロスを止めることはできなかっただろうと僕は確信している。

「……ご冗談を。我がエベーニュ家の兵士100人を相手に勝てるわけがないべな。エヴァ嬢、悪いことは言わないから——」

僕が一歩前に出ると、エタン様は言葉を切ってたじろいだ。そこにはエタン様の護衛の女性もいて、エタン様を守るように前へと出る。

一触即発の、緊迫した空気が流れた——ときだ。

「——その騒ぎ、待てェッ！」

馬の蹄鉄《ていてつ》が石畳を叩《たた》く音が聞こえてきた。僕の【聴覚強化】がかすかに足音をとらえたあたりで声も飛んできたので、どんだけデカイ声なのだという話だ。

ふだん目にする馬よりも、一回り大きい。筋骨隆々といったふうの青い毛並みの馬だったけれども、それ以上に、馬にまたがる人物のほうが目立ってしまって仕方がない。

灰色熊の毛皮をかぶった巨漢。背中には100キロを優に超えそうなほどのどっしりした両手斧《バトルアックス》を担《かつ》いでいる。

「辺境伯……」

ここにきて厄介な人が来た。辺境伯は、ここにいる騎士が束になっても到底かなわないほどには強いだろう。

僕がにらみつけると、騎士たちから10メートルほど離れたところで馬を停《と》めた。

「武器を下ろせ、今すぐだ。俺はミュール辺境伯、こいつの意味は全員わかるな？」

辺境伯が腰にぶら下げていた、青色に輝く勾玉《まがたま》のようなものを見せつけた。

「せ、聖王陛下の全権委任紋章⁉」

エタン様が目を見開いた。

「わかったらさっさと剣を引け‼　そこの小僧はお前らの手に負える相手じゃねえ！」

「なっ……⁉」

エタン様が唖然《あぜん》として僕を見るが、

「しかし、ミュール辺境伯。本件は私の一存では決められません。ここで彼を逃がせば、取り押さえる機会は永久に失われる可能性がありますべな」

「わぁってる――おい、ミラ！　これ持っとけ！」

振り返った辺境伯は、遅れて馬を飛ばしてきた、乗馬服姿のミラ様に全権委任紋章とやらを放った。

「わっ、ちょっ、パパ～⁉」

紋章をお手玉しつつも受け取ったミラ様に、ここにいる多くの人たちがホッとすると

――辺境伯は馬から下りて、バトルアックスを手にしてやってくる。

騎士たちはその剣呑《けんのん》な雰囲気に気圧《けお》され、道を空けた。

「おい、エベーニュ家の小僧」

「……私にはエタンという名があります」

「バカタレ。自分でなにも考えずに、親父《おやじ》の開いた道を歩いているヤツがいっちょ前に名乗るんじゃねえ。見てみろよ……エヴァ嬢とレイジの面構《つらがま》えを」

エタン様は口元を引き結んで、僕とお嬢様を見やる。エタン様だってやりたくてやっていることではないだろうに。

「俺は聖王陛下から全権を委任されてここにいる。その意味、わかるな？　レイジ」

「はい」

「今すぐ回れ右して屋敷に戻れ。そこに籠もってりゃ、なんとでもしてやる」

命の保証をする、ということなのだろう。

だけど——今屋敷に帰るということにはなんの意味もない。

伯爵は「災厄の子」という爆弾を抱え続けることになり、リビエレ家の混乱で揺れている聖王宮はいずれ僕を抱えきれなくなる可能性もある。

問題を先送りするだけなのだ。

もしここで回れ右をするくらいなら、最初から伯爵が差し伸べた手を取っていた。

「……フン、守られるのはイヤだって顔してやがんな」

「僕は護《まも》るのが仕事ですからね」

「そんなら話は単純だ」

辺境伯はバトルアックスをびゅんと振るった。距離があるというのに僕の前髪を揺らすほどの風がここまで届いた。

「俺を倒してみせろ。聖王の全権を託されたこの俺をな」

それで、いいのだろうか。そんなに問題を単純にしてしまって。

エタン様は苦々しい顔のままなにも言えないでいる。ミラ様は、口元を引き結んでいる——ここに来ると決まったときからこうなると覚悟していたのかもしれない。そしてスィリーズ伯爵と同様、ミュール辺境伯も、娘であるミラ様を子ども扱いしないと決めたのだろうなと僕は思った。

そしてお嬢様は、

「辺境伯、お言葉に二言はありませんね？」

念を押した。

「…………」

瞬間、辺境伯の身体《からだ》から膨れ上がるほどの怒気が放たれた。間近にいたエタン様が半歩引いてしまうほどの。

「この、俺がッ、聖王陛下の全権を委任された俺がッ！　二言があるかだと⁉」

恐ろしい視線を向けられても、お嬢様はしかし表情を変えなかった。

「レイジの……わたくしのレイジの命がかかっているのです。当然確認をしますわ」

「二言などあるわけがねェッ！」

「ならば、重畳」

こっちに視線を向けたお嬢様は言った。

「本気を出しなさい、レイジ」

「いいのですか？」

「ええ……。道を、開くのだわ。わたくしたちの道を」

お嬢様のオーダーはいつだってシンプルだ。

そしていつだって、僕を奮い立たせる。

「承知しました、お嬢様」

体調は最悪だ。少しずつ回復してはいるものの、ウロボロス戦でのダメージは根深く僕の肉体に残っている。

魔力が十分にあったとしても、僕の肉体がどこまでもつかというのが問題になるだろう。

僕が前へ進むと、エベーニュ家の騎士たちもじりじりと下がり、直径10メートルほどの円ができ、道幅一杯に広がった。

その中央に僕がいて、辺境伯がのっしのっしとやってくる。

(短期決戦……いや、最初の一撃が勝負だ。超短期決戦だ)

僕は両手をぎゅうと握りしめる。

——勝てるのか？　勝つしかない。万全の状態であっても辺境伯は相当の達人なので、百パーセント勝てるとは思えない。この状況で勝つには、どうしたら……。

「辺境伯」

そのときエタン様が言葉を発した。

「見ればレイジ殿は無手、対する辺境伯は巨大な武器をお持ちです。これは明らかに差があり、聖王陛下の名代での戦いであるというのでしたら看過できません」

すでに臨戦態勢の辺境伯は、その凶悪な眼《め》をエタン様に向けた。

「……で？」

「僭越《せんえつ》ながら、私の剣、エベーニュ家の宝剣をレイジ殿に貸そうと思います。辺境伯と戦うには十分でしょう」

「——」

虚をつかれたような辺境伯だったけれど、直後、獰猛《どうもう》な笑みを浮かべた。

「ほぉう……？　つまりお前は、自身の分身たる宝剣を貸すことで——レイジの側に立つと、そう言うんだな？」

エタン様が——僕の味方になる、ということ？　どうして？　彼の父は、僕を連れ去ろうとしているのに。

エタン様は僕のところへ歩いてくると、うつむき加減に鞘《さや》ごと剣を差し出した。その顔は青く、いまだ可愛《かわい》らしささえ残る唇からは血の気が引いていた。

「私はエベーニュ家の貴族だべな。しかしその前に、両の足でひとり立つ、ハーフリングだ。……ルイのために戦ってくれたあなたに、ひどいことをした……」

ああ——エタン様はルイ少年と仲が良かったっけ。

ハーフリングという種もあるけれど、まだ12歳という小さな少年の身体に、どれほどの理不尽を溜《た》め込み、そして苦しんだのか。

だから彼は決断したのだ。僕の味方になってくれると。

辺境伯は僕を「レイジ」と呼び、エタン様を「小僧」と呼ぶ。そこには明らかな差がある。エタン様は——一人前の貴族として振る舞うのだと、己のなすべきことは己の責任であると宣言するために、宝剣を貸すことを申し出てくれたのだ。

「エタン様。あなたはなにも悪くありません。僕はあなたを許します」

許さないわけが、ないじゃないか。

ハッとして顔を上げたエタン様の目が、潤んでいた。僕はエタン様が持つ鞘から剣を抜く。柄《つか》の持ち手から伝わってくる波動はこの剣が宝剣であることを示している。持ち手の感覚を研ぎ澄まし、集中力を高めるという、まさに剣の名手にこそふさわしい効力が施されてあった。

幅広の刀身は美しい白銀《しろがね》色で、それ自体が雪のような輝きを持って、夜の底へと降り立った。

「——終わったらお返ししますので鞘は持っていてください」

言って、辺境伯に向き合った。

負けられないな——最初から負けるつもりはなかったけど、もうひとつ負けてはいけない理由ができてしまった。

お嬢様の未来はもちろん、エタン様のように——あんな真《ま》っ直《す》ぐな少年に、無理を強いるこの貴族社会が正しいとは僕は一切思わない。

僕の思いを証明するには目の前の辺境伯を倒す必要がある。

「お前とは一度、本気でやりあいてぇと思っていた」

辺境伯の身体からゆらりと、湯気のようなものが漂っているように感じられる。それは魔力であり、気迫だった。

「……この道、通させていただきます」

僕は半身を引いて左手を前にさしのべ、剣を右上段に構えた。

上段の構えは一般的に「攻撃」の構えと解釈される。振り下ろすだけで攻撃に移れるのだから、当然と言えるだろう。

（……狙うは、一撃必殺）

攻撃しか考えない。防御を考えてもあの巨大な斧《おの》を考えれば意味がない。

僕の意図は伝わったのだろう。

「その覚悟やよォし‼」

まるで巨大エンジンが空ぶかしをするような大声を放つと。

「行くぞ、レイジ‼」

「はい‼」

ドッ——と地を蹴って駈《か》け出した辺境伯の速度は、僕の想定をはるかに上回った。瞬《また》く間に僕の目の前までやってくる。

速い。

向こうは振り上げ。

だというのにその速度は木切れでも振り回すようで。

「う、おおおおおおおおおおおおお‼」

だけど間違いなく、辺境伯が握っているのは鋼鉄の塊だ。

「ぜああああああああああッ‼」

見える。僕は、完璧なタイミングで振り下ろす。

僕の宝剣と、辺境伯のバトルアックスがぶつかった。

普通に考えればまったくバカげた戦いだ。

重量差がありすぎて、剣は一瞬で折れるだろう——けれど、【森羅万象《ワールド・ルーラー》】は違う未来をはじき出していた。

折れるはずの刀身はバトルアックスにめり込み、火花を上げて突き進む。

衝突の衝撃は僕の手首と腕にのしかかり、指の骨が砕けるのを感じたけれど、それで剣を放すなんてことはもちろんなかった。

持てる力を注《つ》ぎ込んだ僕の振り下ろしはバトルアックスを真っ二つに叩《たた》き斬ったのだった。

「——」

重量が半分になったバトルアックスを振り上げた辺境伯はその場で止まり、断ち切られた鋼鉄の塊は回転して落ちてくると、石畳を叩き割って突き刺さった。

宝剣は、生きている。かなりの無茶をしたせいでひょっとしたら手入れをする程度では直せないかもしれないけれど。

「――ッ⁉」

ガランッ、と音がしたのは辺境伯が武器を放ったからだ。彼は腕を伸ばして僕につかみかかろうとする。

「くっ」

あわてて僕は剣を辺境伯に突きだそうとしたけれど、辺境伯は刀身を、こともあろうに素手でつかんだ。一歩力加減を間違えれば指を切り落とすというのに、この人はなんのためらいもなくつかんだのだ。

「武器が壊れようが、指が落ちようが、生きていた者が勝ちだろうがァッ！」

「――――」

吠《ほ》えた辺境伯の右拳が僕の顔面へと迫る。剣は、動かない。僕の右腕もすでに限界で、力で押しのけることもできなかったからだ。

「ッ⁉」

だけど次の瞬間、驚愕《きょうがく》に目を見開いたのは辺境伯だった。

僕は辺境伯の右手首を左手でつかみ、宝剣を手放した右半身を回転させつつ懐《ふところ》に滑り込ませる。辺境伯の巨体を腕一本で僕は背負い、巻き込むように——ぶん投げた。

一本背負いだ。

調停者戦で聖王が見せたそれを、【森羅万象】はきっちりと学習していた。

辺境伯の巨体が地面に着くと地響きのように揺れた。

「がはっ……」

受け身を知らないのか、あるいは知っていたとしても反応はできなかったかもしれない。

僕は全力で辺境伯の身体《からだ》を地面に叩きつけたからだ。

焦点の合わなかった辺境伯の瞳が、元に戻っていく——だけど彼が見たのは僕の左手だろう。広げた僕の手のひらに纏《まと》わせた闇は、魔法の発動を意味している。妙な動きでもすれば、この至近距離で撃ってやるぞという意味だ。

「……これ以上は、やらせないでください。ミラ様が悲しむところをお嬢様に見せたくありませんから」

「…………」

辺境伯はしばらく黙りこくっていたが、

「くっくっく……わっはははははははははは！」

大声を上げて笑い出した。

「負けだァ！　負けも負け、完璧な負けよ。背骨をやっちまったようだから起き上がることもできねえ。俺の完敗だ」

笑いが収まると今度は敗北宣言だった。

ふー……なんとかかんとか勝てたか。どちらかが死ぬ、みたいな結末はさすがに避けたかったけど、剣で剣を斬るというアイディアが思いつかなかったら難しかった。同じ切れ味の宝剣が相手だったら、たぶん、できなかったし。

「エ、タ、ン＝エ、ベ、ー、ニ、ュ！」

大の字で寝転がったままの辺境伯が叫んだ。

「は、はい！」

「俺はこの調子だ、お前に聖王陛下の全権委任紋章を託す」

「なっ――!?」

「レイジへの手出しは一切無用。そして事の次第を聖王陛下に報告し、指示を仰げ。いいな！」

「わ、わかりましたべな！」

ミラ様がやってきて、エタン様に紋章を手渡した。ミラ様は泣きそうな顔だったけれど、すぐ父のそばで膝をついた。

「レイジ！」

するとそれまで見守っていてくれたお嬢様が走ってきて僕に抱きついてきた。

「レイジ、無事？　ケガは……？」

「大丈夫ですよ」

お嬢様が震えているのを感じ、僕はその背中をそっとなでる。

ぼろぼろだけど、死んではいない。それで十分だ。

「エタン様、剣をありがとうございます。少々酷使してしまいました」

「…………」

いまだ地面に落ちたままの宝剣と、分断されたバトルアックスを見たエタン様は、

「……私は、まだまだ見る目がなかったべな。そしていかに父の命令であったとはいえ、自らの見識をなにも持たず、唯々諾々《いいだくだく》と従い、あなたを連行しようとした……」

「エタン様、僕は許すと言いましたよ？」

僕は笑ってみせた。

「剣を貸してくださっただけで、十分です。あなたの刃《やいば》を磨いてください」

「…………」

口元を引き結んだエタン様は、ただうなずき、僕らに背を向けた。

「皆、これより聖王宮へ向かう！　私について来るべな！」

変声期もまだ迎えていない声は、静まり返った夜にかぼそく、しかし気高く響いた。

「……お嬢様、僕らも行きましょう」

「ええ——」

「ちょっと待て」

いつの間にかミラ様に膝枕をしてもらっている辺境伯が、僕らを呼び止める。

「……最後の投げ技、あれはグレンジードの技だな？」

「はい」

するど辺境伯はしばらく目をつむり、「効いたぜ」とつぶやいてから、

「これを持っていけ」

辺境伯は腰のベルトに差していた短剣を鞘《さや》ごと引き抜くとこちらに放った。あわててそれを受け取る。

30センチほどの鞘には虹色の貝殻をはめ込んだ装飾があり、値打ちもののようだった。

刃を抜くと、凍えるように白い刀身が現れる。

「……これは、天銀《ミスリル》を含有しているようですが」

「餞別《せんべつ》だ、くれてやる」

「いただけません……こんな高価な物を」

「いいんだ。お前は聖王陛下と同じ技でもって道を切り開いた。そんな男が持つには、まだ足りねえだろうが、間に合わせにはいいだろう。あと、こいつはお前がもらうはずだった金だ」

革袋が放られてきて、それを受け取るとじゃらりと硬い金貨の音がした。きっと、聖王が僕に与えると言っていた褒賞《ほうしょう》の聖金貨のことだろう。

辺境伯が僕にお金を渡すのは筋違いだ。でも、これは辺境伯なりの、僕への応援なのだろうと思うと受け取らないわけにはいかなかった。

「……ありがとうございます」

僕は革袋を懐にしまい、短剣を左手に握りしめた。

「達者でな」

この人は、この人だけは、多くの貴族の中でなんの魂胆もなく僕に接してくれる。

なんの裏表もなく。

なんの打算もなく。

「あと、前にも言ったが気が向いたらうちの領地に遊びに来いよ。あの誘いは俺が死ぬまで有効だからな。わはははは」

「はい、必ず。……ミラ様もお元気で」

「エヴァ様も行ってしまうのですか～……？」

ハッとしたようにたずねるミラ様に、

「ごきげんよう」

お嬢様は、理想の貴族を絵に描いたような美しい仕草で別れを告げた。

すでにエベーニュ家の手勢はいなくなり、周囲の人気《ひとけ》はなくなっていた。

魔導ランプによる街灯がぽつりぽつりと立っているけれど、通行人なんていない。ここはこの国でも超上流の人々が住まうところだから。

お嬢様が、僕の左袖をちょんとつまんだ。

右手には【回復魔法】をかけ続けているけれど、魔法でどうこうなるケガではないので、しばらくはスプーンもまともに持てなそうだった。

僕らはだんだんとスィリーズ伯爵家から離れていく。

もう、僕らの道を邪魔する者は誰もいない。

ああ……この聖王都を僕は出て行くのだという実感が押し寄せてきた。

「……静かね」

伏し目がちに、お嬢様は言った。

「……ええ、真夜中ですからね」

家々は消灯していて、人の気配も感じない。

世界には僕とお嬢様しかいないような気さえした。

「……レイジは、どこで生まれたの？」

お嬢様が不意にそんな疑問を口にした。

「……田舎の町でしたよ。大きな川が流れていて、その周囲に田んぼが広がっていました。毎日田んぼの横を通って学校に通っていましたね」

不思議なことに僕の答えは、日本での記憶だった。

「田んぼ？　学校？」

「田んぼは特定の穀物を作る畑のことです。学校は……この国には職業訓練学校が平民のためにありますが、僕が通っていたのは一般教養を学ぶようなところです」

「レイジは、貴族家の出身なの？」

「ふふっ」

思わず笑ってしまった。地方都市のサラリーマンだった父が貴族だと思うとね。

「貴族ではありませんよ。平凡な家庭でした……でも居心地は悪くなかった」

僕は前世の記憶を思い出してから、不思議とホームシックのようなものに掛かったことはなかった。それは、僕がこちらの世界で生きてきた期間が長かったせいかもしれないし、あるいは日本の記憶が遠く感じられたせいかもしれない。

でも今は——日本での暮らしが無性に恋しくて。

あのなにもなかった街を、お嬢様といっしょに歩いてみたいと思ったのだ。

お嬢様はそれからあれこれ質問してきた。ここまでプライベートを掘られたのは初めてだったかもしれない。両親のこと。好きな食べ物。印象に残っている人……。

でも、そんな時間にも終わりは来るのだ。

僕らの目の前に現れたのは「第2聖区」と「第3聖区」を仕切る「3の壁」だ。ひときわ大きい魔導ランプが取り付けられ、出入りする人々を監視している衛兵がいる。

こんな夜更《よふ》けに何事かと衛兵が近づいてきたので、僕は伯爵家の紋章を差し出して下がらせた。

遅い時間なので「3の壁」の門は閉ざされていたけれど、僕らが出るというのでわざわざ開けてくれた。

闇が広がり、冷たい風が吹いてきた。

「お嬢様」

僕は言った。

「ここで……お別れです」

お嬢様は僕を見上げた。

魔導ランプの明かりは冷たい、と僕はいつも思っている。自然の炎や、魔法による光よりも、魔術が生み出す明かりは一定で冷たい。

そんな光も、お嬢様の緋色《ひいろ》の瞳に映じれば、極上の輝きに見えるのだから不思議だ。

その目に映る僕は、優しげな笑みを浮かべている——と思う。少なくとも僕は、必死の努力で笑みを浮かべているのだから。

「どういう、こと……？」

「言葉のとおりですよ、お嬢様。ここから先は歩む道が違います。僕はこの壁の外へ、あなたはこの壁の内側に留《とど》まってください——これまでと同様に」

「冗談でもそんなことを言わないで」

「冗談でも、ウソでも、虚勢でもありません。お嬢様……ここまでお見送りありがとうございました」

「レイジ、どうして……どうして急にそんなひどいことを言うの!?」

青ざめ、震えるお嬢様をここで突き放す行為は確かに「ひどい」ことだろう。

でも、それでも、僕が決断して実行しなければならないことだ。

だって僕ではなく、お嬢様に決断させるほうがよほど「ひどい」のだから。

「お嬢様、ずっと後ろを気にしてらしたでしょう？　伯爵がひとり……たったひとり残されたお屋敷を」

「そっ……そんなことは……」

「いいんです、僕の勘違いかもしれない。それでいいんです。そして僕が勝手に決め、あなたには『家に帰る』という選択を押しつけるのです」

お嬢様が、黙ってうつむいてしまった。

「……お嬢様、今日はいろいろなことが……いや、『新芽と新月の晩餐会《ばんさん》』があったあの日から、ほんとうにいろいろなことが起きました。だから、今のあなたにはすべてを消化できるような心の余裕がありません。当然です。それはあなたが子どもだからではなく、大人だって戸惑うようなことばかりでした」

僕は膝を折り、お嬢様と視線を合わせる。

お嬢様の瞳に、涙がじわりと滲《にじ》んでいる。

うっすら勘づいていたのだろう、お嬢様は。自分自身が戻らなければ伯爵がどうなってしまうか——あんなふうに取り乱した伯爵を救ってあげられるのは他に誰もいないのだ。

たったひとりの娘以外には。

「お父様のために、帰ってあげてください。あの人は信じがたいほどに賢いですが、とても不安定なのです。あなたがいなければ、きっと……正気ではいられない」

「……でも、そうしたら、レイジは……レイジがひとりになってしまうわ……」

お嬢様は優しい。優しすぎる。こんなときに僕の心配までしてくれるのだから。

「僕は言いましたよね。この世界は広くて、一生をかけても回りきれないほどだって。でも逆に、一生ってのは結構長いんですよ。お嬢様がもっとずっと大人になってもなお——それでも出て行きたいのなら、僕が迎えに来ます。だから、泣かないで……これは最後のお別れじゃないんです」

ついにぽろぽろと泣き出したお嬢様の頭を僕は左手でなでてあげる。

伯爵のところに帰るのは、今しかない。今ならまだ父娘《おやこ》に戻れるから。

「……レイジ、わた、わたくしはっ、あなたとずっといっしょにいたかったの……！　あなたが、どうして行かなければいけないの……!?」

「僕が黒髪黒目だからです」

それは僕に呪いのようについてまわる、どうしようもなくクソッタレな事情だ。

「伯爵は僕を守ると言いましたし、辺境伯があああいう形ではあれ守ってくれましたが、今後どうなるかはわかりません。エベーニュ公爵は、次はもっと狡猾《こうかつ》な罠《わな》を張ってくるでしょうし、他の貴族だって油断できない……そうなるとわかっていて伯爵のところにずっと厄介にはなれません。それにお嬢様、僕は追い出されるのではなくて、自分から進んでこの国を出るんです……その理由は次に会ったときにお話ししましょう」

「イヤよ！　ひとりで行くだなんて許さないのだわ！」

「ごめんなさい、お嬢様」

「謝らないで！」

「今まででいちばん難しい命令《オーダー》ですね……。さあ、お嬢様。お迎えも来たようですよ」

ハッとしてお嬢様が振り返った先に、マクシム隊長が馬を飛ばしてくる。僕の視線とお嬢様の泣き顔に気がついて、離れた場所で馬を下りた。

辺境伯が言ったのだろうか。僕が、こうしてお嬢様を帰そうとするだろうと。

あの人も、見た目に反して繊細なところがあるんだな。

「ほんとうに……これが最後のお別れではないのね？」

「はい、もちろんです」

お嬢様は賢い。ほんとうは戻るべきであることはわかっているのだ。ただ、感情がついてこなかっただけで。

だから僕が背中を押してあげればいい。僕はハンカチを出して——さっき汗をふいてしまったハンカチだけれどこれしかないので仕方がない——お嬢様の目元を拭った。

「……レイジのニオイがする」

「恐縮です」

「わたくしとの約束、覚えている？」

「約束……。天賦珠玉《スキルオーブ》をくださるという約束ですか」

覚えているとも。

——わたくしがあなたにふさわしい、天賦珠玉《スキルオーブ》を与えるのよ！　喜びなさい！

まるで、プレゼントをするような口調ではなかったあのことだ。そして、僕が喜んでみせるとお嬢様はうれしそうにしていたっけ。

「きっと上げるのだわ。だから、必ずもう一度わたくしの前に姿を現しなさい」

「わかりました。必ず」

「……約束よ」

「はい、約束です」

お嬢様が右手を伏せ、人差し指と中指をくっつけて差し出し、僕は自由に動く左手でそれを握った。

お嬢様の手は、すっかり温かくなっていた。

僕は立ち上がる。

お嬢様が僕を見上げている。

ああ――この人はなんて美しいのだろう。

今まででいちばん美しいと僕は思った。

賢く、強く、しなやかで、優しく、誰も持っていない彼女だけの魅力を持っている。

「――――」

僕は無言で背を向け、歩き出した。

お嬢様は動かず、ただじっと僕の背中を見つめている。

ぽたり、となにか滴が地面に落ちる音を、耳が拾った。嗚咽《おえつ》をかみ殺すような音も。

(泣いている……僕が、泣いているのか……)

もう、作り笑いをする必要もない。お嬢様に僕の顔はもう、見えていないのだから。

僕の目から一筋涙がこぼれると、あとはもう壊れた水道のようにだらだらと涙が流れてきた。こんな情けない顔は見せられなかったから、ここまで我慢できた僕はがんばったほ

うだと思う。
僕だって、お嬢様のそばにいたかった。
お嬢様がそう望んでくれたように。
日に日に成長していく彼女の姿を、そばで見守りたかった。
でも、だからこそ、
「今は、さよならです、お嬢様……」
涙の流れるままに立ち去る僕を、見守るように沈黙する街を通り抜けていった。

エピローグ　夏の風は旅路への誘《いざな》い

あー……泣いた。久々に泣いた。

「第3聖区」から「第4街区」へと移動するあたりでようやく感情が落ち着いてきた僕は、ポケットからハンカチを取り出して目元を拭ってから、あ、これお嬢様の涙を拭いたヤツやん……って気づいて、なんだかもやっとした気持ちになった。

「……ゼリィさん、いるんでしょ？　ずっと視線を感じてましたよ」

「あちゃー、気づいてたんですか？　坊ちゃんも人が悪い」

建物の陰からぬるりと出てきたのは、僕の旅の連れ合いでもあるギャンブル狂いの猫系獣人ゼリィさんだ。

「のぞき見してるゼリィさんのほうが人が悪い……っていうか趣味が悪いでしょ。ていうかよく『第3聖区』まで入れましたね」

「これくらいならちょちょいのちょいで入れちゃいますよ。さすがに『第2聖区』はヤバイので行きませんけどね」

「そんなに警備体制が違いますか？」

「バレたときにヤバイって意味です。入るのはまぁ」

この国の警備体制ってザルなの？　それともゼリィさんがすごいの？

「それにしても坊ちゃん、ようやく大人の階段を一段上がりましたねぇ」

「なんの話？」

「失恋ですよ。し、つ、れ、ん！」

「は、はあ!?　失恋ってなに!?」

「身分違いの実らぬ恋に身を焦がし、結局はお別れする——なんてわっかりやすすぎる恋物語によく出てくるヤツっすよ！」

「違いますって……大体、またどこかで会えると思ってますよ。それよりも、僕の黒髪黒目はかなりヤバイっぽいですね。エベーニュ公爵家が１００人くらいの手勢を僕を捕まえるためだけに寄越《よこ》してきたくらいですし」

「ゲッ、マジっすか。じゃあいっしょにいるあーしもヤバイんでは!?」

「むしろひとりで放置しておいたら、あなたギャンブルでまた借金して身動き取れなくなるでしょ？　そっちのほうがヤバイんでは？」

「だいじょーぶっすよ！　次は勝ちやすから！」

ダメなヤツの発想ですわ。これはクズですわ。

僕は脱力しながらも、前回ゼリィさんに会って以降のことを説明した。感想の第一声は
「坊ちゃん、よく生きてますね？」だった。そこは心配するところじゃないの？

「てゆーか、今話聞いてて気になったんすけど……お嬢様を帰す気だったんなら、最初から連れてこなければよかったのでは？」

「ああ、はい。そう来ましたか」

「伯爵が気の毒に感じましたぜ、今の話聞いてて」

「一度は、本気で痛い目に遭わせないとダメなんですよ、あの手合いは」

「ゲッ。坊ちゃん、鬼っすわ……」

「お嬢様にまでつらい思いをさせてしまった、というのは気にしてますよ」

「まぁ～、いろいろありましたけど、とりあえず今日のところはなんとかなったってことですかね」

「はい」

「じゃあ、国を出ましょうか」

「そうですね」

ゼリィさんの口調はどこまでも軽い。それくらい身軽でいたほうが、この世界では生き

やすいのかもしれないな。

下町の集合住宅に戻り、辺境伯からいただいた革袋を開いてみると、大金貨が4枚と、金貨が10枚入っていた。貴族ってふだんからこんなに現金を持ち歩いてるのだろうか。ていうか革袋自体がすべすべしててめちゃくちゃ高級感がある。

大金貨4枚と金貨5枚で聖金貨1枚と同じ価値なので、色を付けてもらったことになる。

聖王国へ流れてくるときに着ていた、4年前の服はいまだに着られるのだけれど丈が足りなかった。でも僕はあえてこれを着た。右手が痛くて着替えるのに難儀したけど。

辺境伯からもらった短剣は鞘《さや》が派手なので、懐《ふところ》にしまっておく。

「なんだか僕、4年前に戻った気分です」

外に出ると朝日に目を細めていたゼリィさんが振り返り、ニカッと笑った。

「な〜に言ってんすか。すっかり男前になっちまいましたよ、坊ちゃんは!」

「……じゃあいい加減、『坊ちゃん』呼びは止《や》めてくださいよ？」

「坊ちゃんはいつまでも坊ちゃんでいいんですぜ〜」

ゼリィさんが手を伸ばしてきて僕の頭をくしゃくしゃっとやる。

見てろよ、いつか背だって追い抜いてやるからな。

「そんじゃ、坊ちゃん。次はどこに行きます？」

「次はレフ魔導帝国です」

「おお……面倒なところに目を付けましたね」

と言いながらも「無理」とは言わないのがゼリィさんらしい。

「結局、ついてきてくれるのはゼリィさんだけなんだなぁ……」

「坊ちゃん。あーしに惚《ほ》れたらダメですぜ？」

「いや、貧乏神はついて回るんだよなあという意味で」

「なんすかそれー⁉」

僕らは朝いちばんの馬車を探し、それに乗り込んだ。追っ手や監視の姿は感じられず、馬車が聖王都を出ると安心して僕は眠りに落ちた。

目が覚めたころには、はるか遠くからでも見えていた巨大都市、聖王都クルヴァーニュの姿は見えなかった。まるでこの４年間が夢幻であったかのように。空いている馬車だからと横になって足を投げ出しているゼリィさんの寝相の悪さが、まさに４年前に聖王都へやってきたときに見たそれとまったく同じだったのでなおさら僕を錯覚させる。

（でも、現実のことだ）

右手の痛みが、それを教えてくれる。

僕は聖王都でいろいろなことを間違え、あるいは正しいことができた。後悔していることもあるけれど、ひとつひとつをちゃんと胸にしまって前を向く。きっとお嬢様も、僕と同じようにしているはずだ。

（……お嬢様、また会いましょう）

そのときにはお嬢様も立派なレディーになっているだろうか？　あるいは無茶振りをするお嬢様のままだろうか？

お嬢様は、きっとお嬢様のままだろうと僕は思った。そうだったらいい。

地面から立ち上る熱気混じりの風が馬車に吹き込んでくる。

季節はそろそろ夏になろうとしていた。

あとがき

スターバックスのコーヒーをドリンクホルダーに置いて、スピーカーから流れるポップスを聴きながらハイウェイを走る……だいぶシャレオツな描写に見えますが、なんとそれをやっているのが私なのです。スタバじゃなくてコンビニコーヒーだったり（しかも5回くらいこぼした）、ハイウェイじゃなくて地元の県道だったりと細かいところは違いますが大体合ってる。

家で仕事をするようになってとにかく車に乗るようになりました。「高級車に乗るなんてコスパ悪すぎ」と思っていた私が「こんなに乗るならもっと車にお金を出してもいいんでは……？　原稿書きに行くのに乗ってるんだから経費で落としていいんでは……？」と考え方を変えるくらい（ケチくさいところは変わらない）、車に乗っています。電車に乗らなくなったぶん、車に乗っているわけですね。環境に優しく生きるためにも電気自動車はもっと普及して欲しい。新車を買う理由が欲しい。

車に乗るイコール、ラジオをよく聴くようになりました。私はテレビがない家に住んでいるので流行の芸人さんとかドラマにはとんと疎《うと》いのですが、ラジオを聴いていると「あっ、この歌は流行《はや》っているんだな」というのがよくわかります。今まで聴いていなかったジャンル、あるいは新人ミュージシャンの音楽と出会えるラジオは、意外と心地よいものでした。ラジオショッピングでの出費も多少は許されるよね？

同じように、書店さんに顔を出すと「あっ、この本は売れているんだな」というのもよくわかります。これまでは会社と自宅の往復で一日の大半が消費されていて、足を運べる書店さんも限られていましたが、車は違います。書店さんによって強い分野、推してる書籍、全然違ってとても面白いのです。ていうか「書店」の違いではなく「書店員」の違いなんでしょうけれど。

皆さんは本と、どこで出会いますか？　このあとがきを見ているあなたは、本作とどこで出会ったのでしょうか。ウェブの連載？　毎月欠かさずファンタジア文庫をチェックしているから？　ドラゴンマガジン？　ウェブ広告？　それとも、店頭でたまたま？

私がパッと思いつくだけでも5つの「出会い」があるのですが、大半の方はこの5つ「ではない」ところで本作に出会っているのかなと思います。よくアンケートでありますよね、「どうやって本書を知りましたか？」という項目。世の中で出会いの形が複雑怪奇になり、書き手や編集、営業が思いもよらない出会い方が増えているのでみんなそれを知りたくて必死なのです。是非アンケートには正直に答えてあげましょう。

アンケートの宣伝をしたいわけではなくてですね、皆さんの、本との出会いがどこにあったのかが、本が生き延びていくカギになるのではないかなと。どのようにして知られ、どのようにして買われていくのか。その答えは皆さんしか知らないのです。

……とそんなことを、こぼしたコーヒーのニオイが充満する愛車内で、涙目になりながらティッシュでふきふきしつつ考えました。誰だよここにコーヒー置いたやつ！　私だー！

1巻ではページ数が足りずに書けなかった謝辞を。大槍葦人《おおやりあしと》先生には引き続きすばらしいイラストを描き下ろしていただいています。どうしても大槍先生の描くエヴァお嬢様を見たかったので2巻が出てほんとうによかったです。またコミカライズも「電撃大王《でんげきだいおう》」で進んでおり、長月《ながつき》みそか先生がレイジたちの冒険を完璧にマンガに仕上げてくださっています。是非そちらもお読みくださいませ。

担当編集氏にもお世話になっていますが、いまだコロナでまだ会えていません。これで編集部に行ってみたら「ＳＯＵＮＤ　ＯＮＬＹ」と書かれたスピーカーだけ置いてあったら震えます。都市伝説？　いや、ＡＩ社会はすぐそこまで迫っているのだ……。

お便りはこちらまで
〒一〇二－八一七七
ファンタジア文庫編集部気付
三上康明（様）宛
大槍葦人（様）宛

富士見ファンタジア文庫

限界超《げんかいご》えの天賦《スキル》は、
転生者《てんせいしゃ》にしか扱《あつか》えない 2
—オーバーリミット・スキルホルダー—

令和3年2月20日　初版発行

著者——三上康明《みかみやすあき》

発行者——青柳昌行
発　行——株式会社KADOKAWA
〒102-8177
東京都千代田区富士見2-13-3
0570-002-301（ナビダイヤル）

印刷所——株式会社暁印刷

製本所——株式会社ビルディング・ブックセンター

ISBN978-4-04-073859-8 C0193

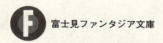

その剣《つるぎ》
WEBで圧倒的人気の剣戟無双ファンタジー！
シリーズ好評発売中!!
月島秀一
illustration もきゅ
一億年ボタンを連打した俺は、気付いたら最強になっていた
Ichiokunen Button wo Renda shita Oreha,Saikyo ni natteita
～落第剣士の学院無双～

STORY

周囲から『落第剣士』と蔑まれる少年アレン。彼はある日、剣術学院退学を賭けて同級生の天才剣士と決闘することになってしまう。勝ち目のない戦いに絶望する中、偶然アレンが手にしたのは『一億年ボタン』。それは「押せば一億年間、時の世界へ囚われる」呪われたボタンだった!?　しかし、それを逆手に取った彼は一億年ボタンを連打し、十数億年もの修業の果て、極限の剣技を身に付けていき――。最強の力を手にした落第剣士は今、世界へその名を轟かせる!

ファンタジア文庫

天上優夜《てんじょうゆうや》
異世界で
レベルアップした結果、
最強の身体能力を
手に入れた少年
この少年
すべてが
シリーズ好評発売中！

チートすぎる

異世界でチート能力《スキル》を手にした俺は、現実世界をも無双する

～レベルアップは人生を変えた～

I got a cheat ability in a different world, and became extraordinary even in the real world.

著：美紅
イラスト：桑島黎音

幼い頃から酷い虐めを受けてきた少年が開いたのは『異世界への扉』だった！ 初めて異世界を訪れた者として、チート級の能力を手にした彼は、レベルアップを重ね……最強の身体能力を持った完全無欠な少年へと生まれ変わった！ 彼は、2つの世界を行き来できる扉を通して、現実世界にも旋風を巻き起こし――!? 異世界×現実世界。レベルアップした少年は2つの世界を無双する！

ファンタジア文庫

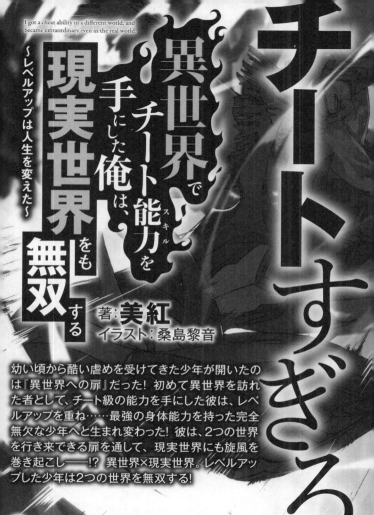

切り拓け！キミだけの王道
ファンタジア大賞
原稿募集中！
賞金
《大賞》300万円
《金賞》50万円
《銀賞》30万円
選考委員
細音啓「キミと僕の最後の戦場、あるいは世界が始まる聖戦」
橘公司「デート・ア・ライブ」
羊太郎「ロクでなし魔術講師と禁忌教典《アカシックレコード》」
ファンタジア文庫編集長
前期締切 8月末日
後期締切 2月末日
公式サイトはこちら！ https://www.fantasiataisho.com/